U0815678

中國古典詩詞精品賞讀

李白

汪艷菊 編著

五洲傳播出版社

图书在版编目（CIP）数据

中国古典诗词精品赏读丛书：繁体版. 李白 / 汪艳菊著. -- 北京：五洲传播出版社，2024.1

ISBN 978-7-5085-4988-0

Ⅰ. ①中… Ⅱ. ①汪… Ⅲ. ①李白（701-762）－唐诗－诗歌欣赏 Ⅳ. ①I207.2

中国版本图书馆CIP数据核字(2022)第241299号

中国古典诗词精品赏读丛书

李 白

出 版 人：关 宏
编　　著：汪艳菊
责任编辑：黄金敏
图片编审：迟乃义
装帧设计：宁成春
出版发行：五洲传播出版社
地　　址：北京市海淀区北三环中路 31 号生产力大楼 B 座 6 层
邮　　编：100088
发行电话：010-82005927　010-82007837
网　　址：http://www.cicc.org.cn　http://www.thatsbooks.com
印　　刷：北京市房山腾龙印刷厂
版　　次：2024 年 1 月第 1 版第 1 次印刷
开　　本：710 × 1000 mm　1/16
印　　张：9.75
字　　数：70 千字
定　　价：68.00 元

編者的話

中國在歷史上是一個“詩歌的國度”，古典詩詞是中國傳統文化的奇葩。早在三千年前，我們的祖先就創作出了以“詩三百”爲代表的優秀詩篇。此后每個歷史年代，詩歌創作都結出豐碩的成果，其中不少名篇名句，膾炙人口，傳誦至今。這套“中國古典詩詞精品賞讀”書系，選取了歷史上最具代表性的詩人、詞人的優秀作品，並加以詳盡通俗的譯注、評解，試圖由此將古代中國人創造的最可珍貴的文化瑰寶介紹給當代海内外讀者。

以“國風”爲代表的《詩經》和以《離騷》爲代表的楚辭，無論是在思想内容上還是在藝術手法上，都對中國後世詩壇産生了深遠影響。中國詩歌至唐代而達到高峰，呈現出後人所稱譽的“盛唐氣象”和“少年精神”，而從李白、杜甫等詩人身上，從他們留下的詩歌中，不難看出“風”“騷”以來優秀傳統的回響。他們都有强烈的現實關懷，關注國家、社會、民衆等問題；而這種主題，往往是詩人通過自己的人生境遇和心靈歷程去感悟，通過描繪自然界山川萬物、人間世事民情來體現的。在唐詩的輝煌之後發展起來的宋代詩歌，成就也相當高，但最能表現此年代文學特殊成就的是詞。宋代優秀的詞家把這種長短句詩體運用到出神入化的地步，那或慷慨激昂、或委婉凄清的詞作，今天讀來仍有强烈的藝術感染力。可以説，唐詩宋詞是中國文學史上最有神采的篇章。

中國古代詩歌注重抒情、寫景，善於表現友情、親情、愛情、鄉情，以及其他複雜細微的個人情感。這形成中國詩歌又一個强大的傳統。在儒家思想影響下，中國詩歌幾乎從一開始就具有“發乎情，止乎禮義”的特點，情感的表達比較克制、内斂、含蓄，有别於西方的詩歌風格。與此同時，中國詩人們又强調“含不盡之意見於言外”，善於通過各種藝術手法傳達言外之意，給讀者以無窮的回味、想象空間。古代詩詞中的優秀之作往往寫得深情宛轉，富於形象性和音樂性，誦讀這些詩詞，可以受到多層次的藝術感染和美的熏陶。古典詩詞還善於表現自然之美及人與自然的融合。古人常説“詩中有畫，畫中有詩”，本書系中的每首作品，都配以當代畫家根據詩詞意境繪製的中國畫，通過欣賞這些詩、畫，可以更深刻地領悟到中國古代藝術作品中的詩情畫意，品味其藝術之美。

除了“詩情畫意”的特色外，本書系以各位詩人、詞人單獨成册，以更清楚地展示其不同的個性和藝術風格；各分册包括詩人小傳與作品賞析兩部分。對每篇作品的賞析，又分爲題解、句解、評解三個章節：題解交代創作背景；句解用現代語文對詩詞進行逐句意譯，對某些難懂的字詞作注釋；評解部分則提要鈎玄，對作品特色進行點評。我們的本意，首先是幫助讀者减少閲讀中的文字障礙，繼而是理解詩詞的思想内容、藝術特色和寫作技巧。

中國古代經典詩篇把漢語升華到至美至純的境界，足以使每個中國人感到自豪。這些作品是聯接所有炎黄子孫思想、情感的文化紐帶，無論身在國内，還是身在海外，優秀的詩歌對讀者的感召力都是相通的。一個喜愛祖國傳統文化的人，可能會不斷地接觸和學習祖先的這些遺産。久而久之，這些優秀文化中的一部分會積澱下來，構成每個人頭腦中一道美麗的藝術長廊，不斷給人以教益、激勵和藝術享受。我們期望，本書系所介紹的詩詞名篇能够成爲這道藝術長廊的組成部分。

本書系所介紹的詩人、詞人，都各有很多傳世名篇，限於篇幅，書中每人衹選取了二三十首代表作品。限於編輯水平，書中會有種種不盡如人意之處，敬請讀者朋友提出寶貴意見。

目 录

李白簡介

李白的詩，傳誦千古。他的家世和出生地，還是一個謎。

現在一般認爲，李白生於唐長安元年（701），卒於寶應元年（762）。關於他的出生地，一說生於蜀中（今四川江油市青蓮鄉）；一說生於中亞碎葉（今吉爾吉斯斯坦境内）。儘管尚有争論，但可以肯定的是，他從五歲到二十五歲期間，一直生活在蜀中。說他的故鄉是四川，是没有問題的。

李白的父親没有做過官，可能是一個富商。李白從小就受到良好的教育。他說："五歲誦六甲，十歲觀百家。""六甲"是計算年月日的六十甲子，也用於小孩識字。"百家"是諸子百家的各類雜書。從李白詩文中所引詞章典故來看，他讀的書的確是很多的。

在讀書之外，李白還學習劍術，大概水平還不錯。他的一位朋友魏萬曾說他"少任俠，手刃數人"。後來漫游时，李白可能常常佩劍在身，同爲"飲中八仙"之一的崔宗之就說他"袖有匕首劍"。

大約十八歲時，李白在家鄉附近的大匡山，跟隨一位名叫趙蕤的隱士讀書學習。趙著有《長短經》一書，主要論述王霸之道，研究帝王統治之術。在將近兩年的時間裏，李白與山林禽鳥相親，没有下山進過城，後來他時而想過問政治，時而想隱退，多少受過趙蕤的影響。

二十歲時，李白出游成都，上過峨眉山、青城山，到過川東一帶。巴山蜀水是他終生的記憶和財富，給了他創作的激情和靈感；故鄉的月亮同樣讓他念念不忘。這些都是他詩歌中很重要的意象。

李白的整個青年時期，正是唐王朝的全盛期，即歷史上所説的“開元盛世”。李白一生，對政治是有很大熱情的，但他没有像大多數人那樣走科舉的道路，而是采取了另外一種也很時興的方式，即漫游、幹謁。在讀萬卷書、行萬裏路的同時，廣泛結交朋友，拜訪公卿名士，以提高聲望，求得仕進。

大約在二十五歲那年，李白離開蜀地，開始了漫游生活。從此，他再也没有回到家鄉。此後，但凡提到蜀地，他都有一種濃烈的故鄉情懷。到了晚年，他更是思念不已，就像他在《宣城見杜鵑花》中所流露的：“蜀國曾聞子規鳥，宣城還見杜鵑花。一叫一回腸一斷，三春三月憶三巴。”

李白由水路經巴渝，出三峽，游歷了今湖北、湖南一帶楚國故地。而後繼續東游，到達今江蘇南京、揚州，浙江紹興等地。他一路游覽山川奇景，寫了不少好詩，大多自然清新，如童稚般脱俗與率真，可見其心懷之清朗，情感之澂明。這一時期，吴越民歌的風韻，給了他新的創作營養。

初次遠游的李白，意氣風發，廣事交游，輕財好施，他後來説：“曩昔東游維揚，不逾一年，散金三十萬，有落魄公子，悉皆濟之。”

開元十五年（727），二十七歲的李白東游歸來，至湖北安陸，入贅許府，妻子是唐高宗時的宰相許圉師的孫女。李白在這裏住了大約十年。這一時期，他在《代壽山答孟少府移文》中，表達了自己的政治抱負與人生願望：“申管晏之談，謀帝王之術，奮其智能，願爲輔弼，使寰區大定，海縣清一。事君之道成，榮親之義畢，然後與陶朱（范蠡）、留侯（張良）浮五湖，戲滄洲。”

開元十八年（730），李白初入長安，寄居在城外的終南山中，想走一條由布衣而至卿相的“終南捷徑”。他奔走於王公貴人之門，希望得到引薦，却四處碰壁。因交友不慎，他曾和一批市井少年浪游於長安。最後，李白不得不怏怏而去，沿黄河東下，先後漫游了洛陽、太原等地。

李白在安陸呆的日子並不很多，他常常以詩酒會友，在游襄陽（今湖北襄樊）時，結識了隱居在鹿門山中的孟浩然。更多時候，他四處游歷，結交官員名流，時而上書自薦，時而贈詩抒懷，時而面見陳情，通過種種努力來展示自己的才情和政治抱負，但這一切的努力都没見效。這一時期的生活，李白自稱爲“酒隱安陸，蹉跎十年”，頗爲恰當地概括了他的心境和處境。

十年漫游，李白感到了從政的艱難，體會到人生道路的坎坷。他寫下了很多重要的作品，其中樂府歌行呈現出江潮洶涌之勢。在很多詩篇中，他顯得有些焦灼和煩悶，在對理想的憧憬中，伴有不安和茫然；在自信進取的豪情中，鼓蕩着不平之氣。

大概在三十七八歲時，不知由於什麼原因，李白將家遷往山東。最常住的地方可能是任城（今山東濟寧）。由於許氏夫人病逝，李白在這裏與一位姓劉的婦人結了婚，後來又離异。在山東之初，他常與孔巢父等人相會於徂徠山，縱酒吟詩，人稱"竹溪六逸"。

李白曾自述"我家寄東魯"，寄了大約二十年。但他本人呆的時間不多，他是閑不住的，仍然到處去游歷；所到之處，形諸吟詠，詩名遠播。

天寶元年（742），玄宗皇帝下詔，命李白入京。李白時年四十二歲，初聞徵召，喜出望外，他在《南陵別兒童入京》中說："仰天大笑出門去，我輩豈是蓬蒿人！"

在朝中任職的名士賀知章一見到他，就説其詩"可以泣鬼神"；又讀其《蜀道難》，呼爲"謫仙人"。李白聲名更是大振。當時玄宗對他也頗欣賞，召見於金鑾殿，命待詔翰林。

李白風光了一陣子，自己也頗以爲榮，他以爲施展才能的機會來了。但他很快發現，所謂待詔翰林，實際上就是做個以文學詞章而備顧問的侍從，一個皇帝的高級清客而已。玄宗祇是讓他侍宴陪酒，寫些應酬歌頌文章，並没有重用他的意思。這與他的理想可謂大相徑庭，於是漸漸流露出失望和厭倦情緒。他常和賀知章等人狂放縱酒，號稱"飲中八仙"。後來杜甫曾這樣説"李白鬥酒詩百篇，長安市上酒家眠。天子呼來不上船，自稱臣是酒中仙"。大概因爲恃才傲物，李白得罪了一些權貴，遭到排擠和非議，漸漸被皇帝疏遠。

李白自知不爲朝廷所容，就在天寶三載（743）春，上書請求"還山"，玄宗以其"非廊廟器"，賜了些錢，把他打發走了。李白臨行前後，賦詩多首，或怨憤不已，或惻愴難平；雖有訣別之辭，也有戀朝之情，其痛苦遠甚於初入長安離京之時。

在長安呆了兩年，李白置身於社會的最高層，經歷了由大喜而大悲的重大轉折，這不能不對他的心境與詩風産生重大影響。他先前作品中的亮色調已經有所減淡，開始變得鬱怒，顯得更爲沉厚。他對現實的觀察，雖不能説已深刻，但至少已有些厚重與蒼勁。這一切預示了在以後的十年中，他風格的重大轉變。

告别帝都之後，李白重又踏上漫游之路。途經洛陽時，認識了比他小十一歲的杜甫。後又與杜甫、高適一起暢游梁、宋一帶。

從天寶三載到天寶十四載（755）安史之亂爆發，李白一直處於漂泊之中。

這就是史料所説的“十載漫游”，也就是李白自己所説的“一朝去京國，十載客梁園”。梁園即今河南開封。李白在這裏最後一次結了婚，其夫人宗氏是武後朝的宰相宗楚客的孫女。李白的子女仍居東魯。李白以這兩地爲依托，但都没有久住，他往南到過吴越，往北去過幽州，有不少地方，如金陵等地，則是舊地重游。他的漫游，一是求仙訪道，一是寄情山水，此外也是尋求爲國効力的機會。

與第一次漫游相比，李白這一時期的出世思想重了許多。他在離開京城的那一年，就在齊州（今山東濟南）入了道籍，還煉丹燒藥。但神仙不能解决他的問題，回東魯舊居後不久，他大病了一場，當是身心交瘁所致。道教對他而言，更多的是失意之中的精神寄托。在他心裏，隱與仕的矛盾時常交織着。

這一時期的李白，生活是窘困的，“歸來無産業，生事如飄蓬”；心情也很悲憤，“摧殘檻中虎，羈拽韝上鷹”，但始終没有喪失他的樂觀和自信，也没有放棄他的政治理想，他相信自己“才力猶可倚，不慚世上英”。他渴望有朝一日能够重新得到朝廷的任用。

在漫游當中，李白對社會現實有了進一步的認識。他對權奸擅權、朝政昏庸、國是日非深感憂慮和不安。表現在詩中，他已從基於一己的朦朧的焦躁不平，開始進入家國之憂的更開闊也較爲沉厚的思索。

天寶十三載（754），李白在揚州與魏萬（後來改名魏顥）相識。爲了尋訪李白，魏曾追尋數千裏。李白似乎很欣賞他，將詩文交給魏萬，請他日後編集作序。魏萬考中進士後，將李白的詩文編成《李翰林集》，並撰寫了序言。可惜這個集子如今已不存，留下來的衹有魏萬的那篇序言。

天寶十四載（755）十一月，安史之亂爆發，戰火迅速蔓延及河北、河南。李白携宗氏夫人出逃南奔，開始往越中避難，不久即隱居於廬山。李白一路寫了許多詩篇，表達了對亂軍的痛恨，對國家和人民命運的擔憂。

天寶十五載（756），玄宗奔蜀。太子李亨於七月在靈武即帝位，是爲肅宗，改年號爲至德。同年，唐肅宗的弟弟永王李璘以抗敵爲號召，率軍沿江東下，途經九江時，永王派人三次上山請李白入幕。李白出於報國立功的願望，想趁機實現平生大志，於是應邀，誰知不幸從此隨之而來。永王與肅宗發生矛盾，不久演變成爲内戰，永王兵敗被殺。李白也因此獲罪，被捕入獄。時爲至德二年，李白在幕中不過一月有餘。

在獄中，李白多次寫信辯白，夫人宗氏也爲他多方奔走，總算暫時獲釋。但不久，李白以“從璘附逆”罪再度入獄，被判流放夜郎（今貴州桐梓）。

至德二年（757）十二月，李白從潯陽出發，沿長江而上。這時他已經是五十八歲的老人了，報國無門，反而獲罪，心情之悲苦可想而知。李白在途中苦熬了約一年，於肅宗乾元二年（759）春，行至四川奉節，朝廷因天旱而大赦天下，李白懷着“曠如鳥出籠”的喜悅，迫不及待地乘船東下。

李白東歸後，來往於宣城、金陵等地之間。這時他雖預感到政治理想不可能實現了，但仍密切地關注着時局的發展。上元二年（761）秋，大將李光弼率兵出徵東南，李白當時正在金陵，準備參軍平叛。這時他已經六十一歲了。終因年老多病，不得不半途折回。詩人沉痛地慨嘆道：“天奪壯士心，長吁別吳京。”

寶應元年（762），李白到安徽投靠當塗縣令李陽冰。同年十一月，詩人在貧病交加中悲憤地與世長辭，享年六十二歲。死前有絶命詩《臨路歌》一首，自比大鵬凌空，中天摧折，但仍相信他激起的餘風足以流傳萬世。李白臨終前托付李陽冰將其詩文整理編集並作序。

也就是這一年，玄宗、肅宗相繼死去，新登基的代宗下詔任命李白爲左拾遺。然而此時李白已不在人世。除“李翰林”外，李白因此還有一個別稱“李拾遺”。

李白一生的最後幾年，窮愁潦倒，生活十分淒涼。因從政而遭流放，是他一生中遭受的最慘痛的打擊，也是他最痛苦的一個時期。他自己曾在流放途中説：“平生不下淚，於此泣無窮。”然而切莫以爲詩人的晚境衹是愁苦潦倒，至少他意氣並未隨不幸而衰竭。這一時期，是他五言大篇，尤其是“選體”五言創作最豐的時期。不僅篇製宏大，而且融入了他七古長篇的氣勢，或張揚軍威，或鳴冤呼屈，或請命自述，或紀行感懷，都似挾雷霆，似裹風雨，成爲詩歌史上的一種奇觀。這一時期，他的七絶更進入了爐火純青的化境，俊爽奇逸一如其前，同時寓精嚴於自在，信手拈來，功力尤深。

李白卒後，初葬龍山。元和十二年（817），也就是李白去世五十五年後，他好朋友范倫的兒子范傳正來到宣州，尋訪李白的後裔。李白的兩個女兒告訴范傳正，李白生前最喜愛謝朓常去的謝家青山，她們希望能把墓遷到那裏去。范傳正滿足了李白生前的心願，將墓由龍山東麓遷至青山之陽。龍山、青山都在淮南，具體爲何處，現在仍有争議。范傳正撰寫了一篇《唐左拾遺翰林學士李公新墓碑》的銘文，隨後他又重新收集李白遺稿，編成文集。遺憾的是，他編的文集以及魏萬編的《李翰林集》、李陽冰編的《草堂集》都没能流傳至今。

李白的詩文現存者有詩九百多首，文六十餘篇。李白的詩歌是盛唐氣象的典型代表。詩人終其一生，都在以天真的赤子之心謳歌理想的人生，無論何時何地，總以滿腔熱情去擁抱整個世界，追求充分地行事、立功和享受，對一切美的事物都有敏鋭的感受，把握現實而又不滿足於現實，投入生活的急流而又超越苦難的憂患，在高揚亢奮的精神狀態中去實現自身的價值。如果説，理想色彩是盛唐一代詩風的主要特徵，那麼，李白是以更富於展望的理想歌唱走在了時代的前沿。

李白的詩歌充滿熱烈的人生之戀，他的詩往往於曠放中洋溢着童真般的情趣。李白對大自然有着强烈的感受力，他善於把自己的個性融化到自然景物中去，使他筆下的山水丘壑也無不具有理想化的色彩。

明代的王世貞在《藝苑卮言》中説李白的詩歌“以氣爲主，以自然爲宗”。的確，在創作的過程中，詩人的感情往往如噴涌而出的洪流，不可遏止地滔滔奔瀉，其間裹挾着强大的力量。因此，在詩體的選擇上，他較少運用多有限制的律詩，而偏愛便於縱横馳騁、隨意抒寫的以樂府體爲主的古詩，尤其是七言歌行。而且，這一類詩體在李白那裏，比前人更爲放縱自由。李白詩歌的語言風格，用他自己的詩句來説，是“清水出芙蓉，天然去雕飾”。

李白是盛世的歌手。他的詩歌以蓬勃的浪漫氣質表現出無限生機，成爲盛唐之音的傑出代表，從而出色地完成了初唐以來詩歌革新的歷史使命。李白和杜甫，把中國詩歌藝術推嚮頂峰，給後世留下了寶貴的遺産。正如韓愈所説：“李杜文章在，光焰萬丈長。”

峨眉山月歌

峨眉山月半輪秋，
影入平羌江水流。
夜發清溪向三峽，
思君不見下渝州。

題解

盛唐時代，很多詩人都有一段漫游經歷。在讀萬卷書、行萬里路的同時，他們廣泛結交朋友，拜訪公卿名士，以提高聲望，求得仕進。

唐開元十三年（725），李白二十五歲，他離開蜀地，開始了長期的漫游生活。《峨眉山月歌》就是他初離蜀地時的作品。峨眉山離成都不遠，早在幾年前，李白就已游過。他在《登峨眉山》一詩中説："蜀國多仙山，峨眉邈難匹。"意思是説，蜀地仙山衆多，峨眉山渺邈綿遠，非其他山所能比。

峨眉山月歌 詩意圖 陳惠冠 繪

【句解】

峨眉山月半輪秋

出行途中的一個夜晚，詩人擡頭遠望峨眉山，祇見半輪秋月懸挂在明净的夜空。月光静静地灑在山間，峨眉山仿佛已經入睡。在群山濃黑剪影的襯托下，夜空是那樣的明澈，月色是那樣的皎潔。月祇“半輪”，從月相上看，應是上弦或下弦月，時當農曆初七、初八或二十一二日前後。如果按正常語序，這一句應當是“半輪山月峨眉秋”，但這樣既不合平仄，又太平常。把“半輪”與“秋”連在一起，有一種深遠的意境，仿佛帶着幾分凉意，有秋也殘缺之感，透出些許惆悵，然而又祇輕輕帶過，不見得沉重。

影入平羌江水流

詩人的目光從天上、山間回到身邊，祇見月亮的影子倒映在平羌江水中。一江清水，載着一輪明月，平緩而安静地流動着。月光如水，水流月走，這是静美的，却又具有流動的神韻。我們知道，祇有觀者順流而下，才會看到影隨水流的妙景，所以此句還暗點秋夜行船之事。“平羌”，江水名，今四川省青衣江，流經峨眉山附近。

蘇軾在《送張嘉州》一詩中説：“峨眉山月半輪秋，影入平羌江水流。謫仙此語誰解道？請君見月時登樓。”詩的前兩句就直接引自李白這首詩。蘇軾從小生活在峨眉山和青衣江附近，顯然，李白的《峨眉山月歌》勾起了他關於家鄉的記憶。因此，“謫仙此語”大概是他最能解了。

夜發清溪向三峽

在天上月光和水中月影的陪伴下，詩人從清溪驛乘船出發，嚮三峽順流而去。所謂“清溪”，即清溪驛，在青衣江上，今四川犍爲縣峨眉山附近。據記載，杜甫、岑參、蘇軾、陸游等都到過清溪驛，並留下一些詩篇和游踪佳話。

不知詩人此行是否孤身一人，我們祇看到，夜色蒙蒙，江水淙淙，一葉輕舟順流而下，這仿佛是一個無聲的世界，但並不孤寂。詩人似乎不是在遠行，而是在以一種詩意的心情欣賞這美景。

思君不見下渝州

詩人漸漸遠去，沿岸山重水複，月亮或隱或現，最後終於退出了他的視綫。詩人充滿了對家鄉的惜别之情。他説：思念着你啊，却見不到你，就這樣我順流而下到渝州（今重慶一帶）。在前行的途中，當然還會有月相伴，但峨眉山不可見，平羌江不可睹，昨夜之月已非今夜之月，他鄉之月亦非家鄉之月。

“君”，一説指峨眉山月，一説指作者的友人。前説更可取。對峨眉山月的思念，也就是對家鄉的思念；把月亮當作人和他告别，故鄉就成了活生生的有感情的對象。

李白生性喜愛明月，留下了許多與月有關的詩篇。峨眉山月，是家鄉的月，在游子遠行時最易撥動心弦。李白也許没想到，他這一走，就再没能回來。晚年時，一位四川和尚要去長安，李白作了一首送行詩：“我在巴東三峽時，西看明月憶峨眉。月出峨眉照滄海，與人萬里長相隨。”（《峨眉山月歌送蜀僧晏入中京》）詩末又説：“一振高名滿京都，歸時還弄峨眉月。”意思是勸蜀僧晏到長安以後，不要貪戀虚榮，還是早返故鄉爲好。至老還惦記着峨眉月，這不僅是對月的喜愛，更是對故鄉的眷戀。

評解

峨眉山的秋夜清輝、平羌江的月影流水、從清溪嚮三峽的輕舟夜行，宛如畫境，給人一種寧静之美，一種依依惜别的無限情思，可謂語短情長。雖然是惜别，詩人的心境却是明朗與輕快的。乾隆皇帝嘆曰：但見其工，則妙處不傳。意思是祇覺得讀起來妙不可言，但真的好在哪裏，難以捉摸。

一般來説，短小的絶句在表現時空變化上頗受限制，而此詩却達到了馳騁自由的境地，兼有寫景、紀行、抒情。前人評價頗高，謂其五用地名，“而天巧渾成，毫無痕迹，故是千秋絶調”。試將前二句中地名略去，成爲“山月半輪秋，影入江水流”，就失去了原詩的特殊情景和韻味，流於一般化，詩人的行踪和當時所思所感也無從得知。明朝文學大家王世貞説：“使後人爲之，不勝痕迹矣。益見此老爐錘之妙。”其實，李白那時才二十多歲。

渡荆門送別

渡遠荆門外，來從楚國游。
山隨平野盡，江入大荒流。
月下飛天鏡，雲生結海樓。
仍憐故鄉水，萬里送行舟。

題解

李白出蜀漫游，由水路經巴渝，出三峽，首先游歷了今湖北、湖南一帶楚國故地。這首詩就是他於開元十三年（725）出蜀至荆門時所作。

荆門，即荆門山，位於今湖北宜都縣西北，長江南岸，與北岸虎牙山隔江對峙。“荆門桀峙虎牙攢，江流到此急一束”，峽門上合下開，猶如束緊的袋子口，夾岸峭壁千尋，峥嶸突兀，狀如虎齒，形成一扇壯麗的門闕，故得名“荆門”。荆門山“上收蜀道三千之雄，下鎖荆襄一方之局”，“扼巴蜀咽喉，爲荆楚門户”，故稱爲“楚之西塞”。

渡荊門送別 詩意圖 戴敦邦 繪

【句解】

渡遠荆門外，來從楚國游

詩人從荆門之外的蜀地，乘船遠來，準備到楚國故地漫游。當他到達荆門時，無論是從距離、時間，還是心理上講，都已遠離家鄉。故謂“渡遠”。“遠”，遠自。“來從”，來嚮。後來，詩人在描述這次出游時，説“仗劍去國，辭親遠游”，可謂情緒昂揚。這裏我們亦不難感覺到他的勃勃興致。

山隨平野盡，江入大荒流

船出荆門後，詩人看到：兩岸青山隨着低平原野的出現而逐漸消失，江水仿佛流入無邊的原野，水天遼闊，不知所止。李白自川江而下，一路上雖然景色不斷變换，但兩岸群山連綿不絶，阻擋了視綫。尤其是三峽，峽高谷深，水流隨山勢迂迴曲折，大有“山塞疑無路，灣迴别有天”之勢。長江自三峽的瓶口——南津關奔涌而出後，再也没有高峽深谷的阻擋。往下約三公里處，江面由三百米左右猛然展寬到兩千多米。但兩岸山勢未盡，直到出荆門後，才進入平野無垠水天一綫的中下游平原。

看慣了蜀中的高山丘陵、峽谷深水，突見江漢平原的壯闊之景，每個人都會有豁然開朗、“極目楚天舒”的感覺。而李白僅以區區十個字，就寫出了奔放的氣勢、高遠的境界。同樣是蜀人的陳子昂，在《渡荆門望楚》詩中寫道，“遥遥去巫峽，望望下章臺。巴國山川盡，荆門烟樹開。”陳詩雖清新雅健，但衹是李白所謂“山無雲霞，春無草樹”般素樸之文，缺乏生氣蓬勃的形象感。李詩則像一組電影畫面，給人以流動感與空間感，將静止的山川摹狀出活動的趨嚮來，給江山注入了生命與活力。

有人把李白的這兩句詩與杜甫的“星垂平野闊，月涌大江流”（《旅夜書懷》）相比較，認爲杜詩更有骨力。有一種意見倒是比較客觀：“李是晝景，杜是夜景；李是行舟暫視，杜是停舟細觀，未可概論。”

有人又把王維“江流天地外，山色有無中”（《漢江臨眺》）與李白的這兩句詩並提，籠統地稱之爲“盛唐氣象”。當然，二者還是各有其趣，各極其妙：王詩以其朦朧含蓄之美，給人一種空曠的感覺，詩人的心境是閑淡的、沉静的；李詩則爽朗明快，氣勢磅礴。

月下飛天鏡，雲生結海樓

月亮在江中投下倒影，好像是天上飛來一面明鏡；雲霞聚集變幻，仿佛形成海市蜃樓。這是不同時候看到的楚天景色：一爲柔美的江上夜景，一爲奇妙的天上幻景。水中月明如鏡，反襯江水之平静；天上雲霞形成海市蜃樓，可見江岸之遼闊、天空之高遠。

所謂“海樓”，即海市蜃樓。在平静無風的海面、江面上，有時能看到集市、山峰、樓臺、亭閣等出現在遠方空中。古人不明白産生這種景象的原因，認爲是海中蛟龍（即蜃）吐出的氣結成的，因而又叫蜃景。其實這是當氣温變化及大氣密度出現异常時，光綫在大氣中發生劇烈的反常折射後形成。在沙漠等一些地方也能出現。行人看到遠處物體的倒影，仿佛是從水面反射出來的一樣，以爲前方有水源，但總是可望而不可及。

詩人以超乎常人的想象，構造出瑰麗神奇的世界，描繪出楚天景色的遼闊壯美。在他筆下，月亮是會飛的。《古朗月行》云：“小時不識月，呼作白玉盤。又疑瑶臺鏡，飛在青雲端。”現在，那飛上雲端的瑶臺鏡又從天上飛了下來，落在詩人眼前的大江波心。

仍憐故鄉水，萬里送行舟

就在詩人欣賞荆楚大地風光時，不知怎的，那無語東流的長江水，觸發了他的思鄉情懷。我們仿佛聽到他在喃喃自語：我還是愛戀這來自故鄉的水，它陪伴着遠行的船隻，不遠萬里，一路相送。儘管詩人意氣風發，志在四方，但他從五歲起就一直生活在四川，對蜀中山水懷有深摯的感情，初次遠離，怎能不無限留戀？但詩人不説自己對家鄉如何思念，却説故鄉水對自己殷勤呵護，不忍分别，看似無情，實乃深情，顯得特别深婉有致。王夫之在《唐詩評選》中説這兩句“得象外於圜中，飄然思不窮（群），唯此當之。”意思是言有盡而意無窮，詩思不凡。

評解

詩以濃濃的懷念惜别之情結尾，絲毫没有送别詩所慣有的離情别緒。甚至讀完了全詩，對於到底是誰走誰送，還渾然不覺，可是詩題却又分明寫着“送别”二字。對此，歷來解釋不一：一説江水送自己離别蜀中，一説贈給送别的友人。清人沈德潛認爲“詩中無送别意，題中二字可删”。如果不拘泥於“送别”二字的一般用法，把它理解爲故鄉水給詩人送别，倒是更有情趣。這對於“飄然思不群”的李白來説，也是極有可能的。

長干行

妾髮初覆額，折花門前劇。
郎騎竹馬來，繞床弄青梅。
同居長干里，兩小無嫌猜。
十四爲君婦，羞顏未嘗開。
低頭向暗壁，千喚不一回。
十五始展眉，願同塵與灰。
常存抱柱信，豈上望夫臺。
十六君遠行，瞿塘灩滪堆。
五月不可觸，猿聲天上哀。
門前遲行迹，一一生緑苔。
苔深不能掃，落葉秋風早。
八月蝴蝶黄，雙飛西園草。
感此傷妾心，坐愁紅顏老。
早晚下三巴，預將書報家。
相迎不道遠，直至長風沙。

長干行 詩意圖 蕭惠珠 繪

題解

李白在游歷楚國故地後，繼續東游，到達今江蘇南京、揚州，浙江紹興等地。南京曾是六朝古都，號稱“江南佳麗地，金陵帝王州”。城内秦淮河兩岸，東吴以來一直是繁華的商業區和居民地。一些商人外出經商，常常數年不歸，留下妻子在家望眼欲穿。我們不知道李白是否認識一些商婦，但一定聽説過她們的故事。

“長干行”，屬六朝樂府雜曲歌辭。“長干”，即長干里，今南京秦淮河南的一條里巷，此名仍存。“行”，歌行，古詩的一種體裁。此詩借鑒了六朝民歌的一些表現方法，以商婦的愛情和離别爲題材，用女子自述的口吻寫出，在叙述歡樂往事及離愁别緒中，傾訴對遠方丈夫的思念。

【句解】

妾髮初覆額，折花門前劇。郎騎竹馬來，繞床弄青梅。同居长干里，兩小無嫌猜

這是長干女在自叙往事，純真歡樂的兒時生活，似乎就發生在昨天，一點一滴都讓她沉醉甜蜜。她説：我劉海初蓋額頭的時候，常常在門前采些花花草草游玩；你騎着“馬兒”，其實就是一根竹竿，來找我玩；我們繞着院子中的井欄，耍弄青梅，追逐嬉戲；我們兩個是鄰居，都住在长干里，從小就無拘無束，不避嫌疑。

詩人淡淡幾筆，就把一對小兒女情竇未開、天真無邪的情態寫得惟妙惟肖，觸動讀者記憶，讓人心領神會。

“劇”，游戲。“竹馬”，就是將竹竿當作馬騎，小孩常玩的一種游戲。成語“青梅竹馬”“兩小無猜”，即出自此。“床”，在古代有卧具、坐具、井欄多種意思，這裏取“井欄”之説。

十四爲君婦，羞顔未嘗開。低頭向暗壁，千唤不一回

比鄰而居的一對小兒女慢慢長大了，幸運的是，他們成了夫妻。儘管丈夫是兒時的玩伴，但突然開始的婚姻生活，對於還是少女的女主人公來説，顯然缺少心理準備，因而有些無所適從。所以長干女説：十四歲時嫁給你作妻子，那時我還羞澀難爲情，無限心思，不大在顔面上表現出來；低着頭對着墻壁暗處，

任你一再呼喚，也不把頭回。

詩人以極細膩的筆觸描寫初婚時的情景，勾畫出一個特定年齡的新婚女子的心理狀態。正是這樣的不諳世事，讓我們體會到一種單純、透明的美。

十五始展眉，願同塵與灰。常存抱柱信，豈上望夫臺

羞澀總是短暫的，不久，長干女就感受到了愛情的幸福。她說：十五歲，我變得大方了，常常笑逐顏開，情感心思在眉眼間流露出來，誓願兩人即便如塵灰，也要同甘共苦，永不分離；我時常所想的，是像尾生那樣堅守信約，兩人恩愛不分，怎麼會登上望夫臺，去盼望丈夫來歸?

一年來，由脉脉含情到熾烈愛戀，由含而不露到信誓旦旦，小兩口兒如膠似漆，過着和美的夫妻生活。他們海誓山盟，忠貞不二，永不分離。這使她對未來生活和愛情充滿了幻想與希望，她相信自己不會像那些不幸的女子，因爲丈夫的遠行而獨守空房。

這兩句用了兩個典故。“抱柱信”，典出《莊子·盜跖篇》：尾生與一女子相約在橋下相會，尾生先到，女子未來，忽然水漲，尾生抱着橋柱繼續等候，以免失信，結果被水淹死。後人因此稱守信約爲抱柱信。關於望夫臺的傳説，中國各地有很多，或作望夫山、望夫石，内容大致類似。一般都是説丈夫出門在外，長年不歸，妻子站在山上，長久眺望，化作山石。

十六君遠行，瞿塘灩澦堆。五月不可觸，猿聲天上哀

幸福生活剛剛開始，丈夫却要出門遠行了。長干女説：我十六歲時，你離家遠行，途中經過瞿塘峽灩澦堆；五月間水漲浪急，堆石隱没，千萬觸不得；一路上，兩岸猿猴哀啼，聲聲陣陣，如在天上，更加讓人心驚膽寒。

這幾句是寫長干女對丈夫的憂心牽挂，途中經歷，既是她的想象，又是實情。自長江入蜀，要經過不少急流險灘，其中三峽之一的瞿塘峽，古時峽口有一塊巨大的礁石，名灩澦堆。水淺時，突出江面，水面變窄；水大時，没入江中，行船十分不易，常有觸礁沉没者。有民謡説：“灩澦大如馬，瞿塘不可下。灩澦大如鱉，瞿塘行舟絶。灩澦大如龜，瞿塘不可窺。”

古人游歷三峽的作品中，多寫到猿。舊時，三峽沿岸多猿，嘯聲凄厲，牽人愁思。古樂府有云：“巴東三峽巫峽長，猿鳴三聲淚沾裳；巴東三峽猿鳴悲，猿鳴三聲淚沾衣。”《宜都山川記》曰：“自黄牛灘東入西陵界，至峽口一百許里，山水紆曲，林木高茂。猿鳴至清，山谷傳響，泠泠不絶，行者聞之，莫不懷土。”

至此，行文有了波瀾，基調不再歡悦，情緒不再平静，輕鬆抒情的氣氛也

風雲突變。在最初的擔驚受怕之後，長干女陷入了思念與等待的日子。

門前遲行迹，一一生綠苔。苔深不能掃，落葉秋風早

丈夫走後，長干女常常倚門而望，她在門前等待徘徊的足迹，一一長滿了青苔。苔痕深深，不可清掃。時間很快到了秋天，看落葉飄零，無聲無息，無依無靠，她嘆道：秋風來得真早啊。

“迟”，等待的意思。“迟行迹”，一作“旧行迹”。“生绿苔”，言其时间之久，盼归心切。那深深的青苔，並非不能扫，扫不去的是不绝的相思啊。落叶秋风，有萧瑟之感，对於离别伤怀的人来说，衹能让他们更加觉得孤独与伤感。

八月蝴蝶黄，雙飛西園草。感此傷妾心，坐愁紅顏老

八月裏，黄色蝴蝶翩翩飛舞，雙雙飛到西園草地上。看它們成雙成對，自由自在，衹能讓我更加心傷。因爲憂傷，我曾經美麗的容顔憔悴了，老了。長干女觸景生情，滿目皆悲，乃是不忍之孤獨，不堪之别離，不盡之相思。所謂“老”，是因爲等待的日子太漫長，所謂别離使人痛，相思催人老！“坐”，是因爲的意思。

早晚下三巴，預將書報家。相迎不道遠，直至長風沙

長干女寄語遠方親人：無論什麽時候，衹要你從三巴回來，都請你事先捎個信來；我要去迎接你，再遠我都不嫌遠，一直到七百里外的長風沙。

“早晚”，或早或晚，即不管什麽時候。其實長干女一心衹盼望丈夫早歸，怕就怕“晚”。之所以要遠道去迎，不正是想早日見到丈夫嗎？這是她在表明自己痴情守候的心迹，真是一往情深！

“三巴”，即巴郡、巴東、巴西，這裏泛指蜀地。“不道遠”，即不説遠，也就是不辭遠的意思。“長風沙”，地名，在今安徽省安慶市東長江邊。陸游《入蜀記》説，自金陵（南京）至長風沙七百里。

評解

李白的《長干行》，借鑒了六朝民歌的一些手法，用年齡序數法和四季相思的格調，巧妙地把一些生活片斷串聯在一起，具有柔腸百折、委婉流麗、綿綿入微的韻味。《唐宋詩醇》讚曰：“兒女子情事，直從胸臆中流出。縈迴曲折，一往情深。”明代文學家鍾惺説，“古秀，真漢人樂府。”

金陵酒肆留别

風吹柳花滿店香，
吴姬压酒唤客嘗。
金陵子弟來相送，
欲行不行各盡觴。
請君試問東流水，
别意與之誰短長？

題解

李白在出蜀當年的秋天，往游金陵，也就是今江蘇南京，大約逗留了大半年時間。開元十四年（726）春，詩人赴揚州，臨行之際，朋友在酒店爲他餞行，李白留詩告别。

金陵酒肆留別 詩意圖 蕭惠珠 繪

【句解】

風吹柳花滿店香，吴姬壓酒喚客嘗

和風吹着柳絮，酒店裏溢滿芳香；吴姬捧出新壓的美酒，勸客品嚐。“柳花”，説明時當暮春。“金陵”，點明地屬江南。這是柳烟迷蒙、春風沉醉的江南三月，詩人一走進店裏，沁人心脾的香氣就撲面而來。這一“香”字，把店内店外連成一片。金陵古屬吴地，遂稱當地女子爲“吴姬”，這裏指酒家女。她滿面春風，一邊壓酒（即壓酒糟取酒汁），一邊笑語殷勤地招呼客人。置身其間，真是如沐春風，令人陶醉，讓人迷戀。

這兩句寫出了濃濃的江南味道，雖然未明寫店外，而店外“雜花生樹，群鶯亂飛”，楊柳含烟的芳菲世界，已依稀可見。此時，無論是詩人還是讀者，視覺、嗅覺、聽覺全都調動起來了。如鍾惺所説：“不須多亦不須深，寫得情出。”詩中的“喚”字，在一些版本中又作“勸”。

“柳花”，即柳絮，本來是没有香的，但一些詩人却聞到了，如傳奇“莫唱踏陽春，令人離腸結。郎行久不歸，柳自飄香雪。”故明人楊升庵説：“其實柳花亦有微香，詩人之言非誣也；柳花之香，非太白不能道；竹之香，非子美不能道。”其實，對“滿店香”的理解完全不必拘泥於此，那當是春風吹來的花香，是泥土草木的清香，是美酒飄香，大概還有“心香”，所謂心清聞妙香。

金陵子弟來相送，欲行不行各盡觴

金陵的一群年輕人來到這裏，爲詩人送行。餞行的酒啊，你斟我敬，將要走的和不走的，個個乾杯暢飲。也有人認爲，這是説相送者殷勤勸酒，不忍遽别；告别者要走又不想走，無限留戀，故“欲行不行”。

李白此行是去揚州。他後來在《上安州裴長史書》説：“曩昔東游維揚，不逾一年，散金三十餘萬，有落魄公子，悉皆濟之。此則白之輕財好施也。”李白性格豪爽，喜好交游，當時既年輕富有，又仗義疏財，朋友自是不少。在金陵時也當如此。一幫朋友喝酒，話别，少年剛腸，興致盎然，没有傷别之意，這也很符合年輕人的特點。“盡觴”，意思是喝乾杯中酒。“觴”，酒器。

請君試問東流水，别意與之誰短長？

金陵一行，詩人是快樂的。在這樣一個美好的時節，一個讓人留戀的地方，詩人却要走了。面對美麗的江南風物和朋友們的盛情挽留，詩人依依不捨，怎樣才能表達自己的無限惜别之情呢？也許餞别的酒店正面對大江，詩人順手一指，以水爲喻：請你們問問那東流的江水，離情別意與它相比究竟誰短誰長?

情感是抽象的，即使再深再濃，也看不見摸不着；而江水是形象的，給人的印象是綿綿不絕。但詩人不是簡單的相喻，而是設問比較，迷迷茫茫地，似收而未收住，言有盡而意無窮，給人以想象的空間。采用這種表現手法，李白可能受到前人的啓發，如謝朓就寫過“大江流日夜，客心悲未央”，但李白寫得更加生動自然。

評解

很多人寫離別，大多少不了言愁，所謂“離愁別緒”。然而，李白這首詩中連一點愁的影子都不見，衹有別意。沈德潛説此詩“語不必深，寫情已足”。詩人正值青春華茂，他留別的不是一兩個知己，而是一群青年朋友。這種惜別之情在他寫來，飽滿酣暢，悠揚跌宕，唱嘆而不哀傷，富於青春豪邁、風流瀟灑的情懷。

望廬山瀑布

日照香爐生紫烟，
遥看瀑布挂前川。
飛流直下三千尺，
疑是銀河落九天。

題解

廬山，位於江西省九江市附近，北靠長江，南傍鄱陽湖。大山與大江、大湖相依，雄奇秀拔。

李白與廬山有着不解之緣，曾數游廬山。他説：“余行天下，所游覽山水甚富，俊偉詭特，鮮有能過之，真天下之大觀也。”李白還在廬山住過。天寶十五載（756），爲避安史之亂，他携夫人在廬山五老峰旁築屋，過着“朝耕白雲暮種竹，日觀山色夜煉丹”的隱居生活。如今山上的一些地方就是用他的名字或詩句來命名的，如青蓮谷、青蓮寺、日照庵、黄雲觀等。

李白《望廬山瀑布》有兩首，此其二，可能是開元十四年（726）出游金陵途中初游廬山所作。

望廬山瀑布 詩意圖 孫文鐸 繪

【句解】

日照香炉生紫烟

太陽照耀在香爐峰上，峰上升騰起紫色的雲烟。“香爐”，指香爐峰，在廬山西北，峰頂尖圓，常常烟雲繚繞聚散，如一個碩大的香爐，故得名。我們知道，烟雲之氣在日照下，除了旭日東升與夕陽反照時，一般都是青白色的。但因爲香爐峰下有瀑布，水氣蒸騰，混入雲氣，透着日光，就反映出紫紅色了。

這一句看上去與瀑布的關係不大，却緊扣着題目的“望”字。它交待了瀑布所在的位置，也點出了望瀑布的具體時間。早晨紅日升起，那山間的嵐氣才會瀰漫出紫色。詩人筆下的香爐峰頗有幾分浪漫仙化色彩，爲不尋常的瀑布創造了神奇的背景。

遥看瀑布挂前川

接着，詩人把視綫移嚮山壁上的瀑布。遠遠望去，瀑布就像一條大河垂挂在山前。

古人云：“泰岱青松，華岳摩嶺，黄山雲海，匡廬瀑布，并稱山川絶勝。”廬山瀑布很多，李白此詩寫的是開先瀑布。詩人擡頭遠望，觀其全貌，不見水流飛瀉，不聞瀑布聲響，似乎見到的是一幅静止的畫。“挂”字很妙，它化動爲静，形象地表現出傾瀉的瀑布在“遥看”中的樣子。

飛流直下三千尺

遠看瀑布，不見動感，近到崖前，則景象迥然。衹見水流飛瀉，筆直而下，竟有三千多尺長。

周景式《廬山記》説，廬山瀑布“其水出山腹，挂流三四百丈，飛湍於林峰之表，望之若懸素，注水處石悉成井，其深不可測”。李白此句中“飛流直下”是實寫，極顯瀑布的動態。一個“飛”字，把高山瀑布奔騰跳躍的態勢描繪得恰到好處。“直下”一詞，既顯山勢之高，又見瀑水之急，高空直落、勢不可擋之狀如在目前。“三千尺”，不是對瀑布長度的真實表述，而是虚指，是一種特有的流動氣勢。這一句雖未寫聲，我們却彷佛能聽到飛流轟鳴的聲音。

疑是銀河落九天

面對這樣壯美的景觀，詩人既驚且疑，疑其非人間所有。於是嘆道：真讓人懷疑這是銀河從天上傾瀉下來了。

由瀑布到銀河，是詩人的奇特聯想。“銀河”，是指晴朗的夜空裏呈現出的由許多恒星組成的白色光帶，看上去像銀白色的大河。“九天”，古人認爲天有九重，最高的一重稱爲九天。詩人將銀河來了一個水平大翻轉，從橫嚮變成竪挂，又從天上落到人間，給人以浪漫的想象和無窮的魅力。而“疑是”一詞，爲全詩蒙上了一種恍恍惚惚、亦真亦幻的藝術色彩。用銀河比喻瀑布，極寫瀑布之壯觀，給人以力和美的雙重感受。

評解

李白此詩用語明白淺顯，而想象奇特，可謂家喻户曉，雅俗共賞。古人評價此詩説：“入乎其内，發乎其外。想落天外，形神兼備。”

中唐詩人徐凝也寫過一首《廬山瀑布》：“虚空落泉千仞直，雷奔入江不暫息。千古長如白練飛，一條界破青山色。”也大有欣賞者。不過，蘇軾却深不以爲然，他戲詩一首：“帝遣銀河一派垂，古來唯有謫仙詞。飛流濺沫知多少，不與徐凝洗惡詩。”（《戲徐凝瀑布詩》）話是偏激了一些。徐詩雖没有李白那種意氣飛揚、自然流暢、天然渾成的氣質，但後兩句也大有可圈可點之處。不過，在寫廬山瀑布的詩中，確實還没有能超出李白的。

黃鶴樓送孟浩然之廣陵

故人西辭黃鶴樓，
烟花三月下揚州。
孤帆遠影碧空盡，
惟見長江天際流。

題解

開元十五年（727），李白東游歸來，至湖北安陸，年已二十七歲。他在安陸住了有十年之久，不過很多時候都是以詩酒會友，在外游歷，用他自己的話説就是“酒隱安陸，蹉跎十年”。也就是寓居安陸期間，李白結識了長他十二歲的孟浩然。

孟浩然（689—740），湖北襄陽人，四十歲以前，除了偶爾出游外，基本上隱栖鄉里，過着詩酒田園生活。四十歲時，孟浩然到長安，求仕失望。在江淮吴越各地漫游了幾年，重回故鄉。其後一度在張九齡身邊作過幕僚，最後還是歸隱家鄉。在盛唐詩人中，孟浩然年歲較長，善寫山水田園詩，李白、杜甫、王維等對他都深懷敬意，並給他的詩以相當高的評價。

黃鶴樓送孟浩然之廣陵 詩意圖 呂士榮 繪

李白對孟浩然的看法，我們可以從他的另一首詩《贈孟浩然》看出："吾愛孟夫子，風流天下聞。紅顏棄軒冕，白首卧松雲。醉月頻中聖，迷花不事君。高山安可仰，徒此揖清芬。"意思是：我敬慕孟夫子您啊，文采出衆，散淡風雅，天下聞名；年輕時就抛棄功名不愛官冕車馬，老來又隱居深山卧看松木浮雲；常常賞月醉酒，迷花戀草，而不願侍奉君王；您猶如高山，我怎能仰及？衹在此拱手崇敬您的高潔品行。雖然不乏溢美之辭，但孟浩然無疑是李白性情最投合的詩友之一。

這首詩的題目是説，孟浩然要去廣陵，也就是揚州，李白在黄鶴樓爲他送行。

【句解】

故人西辭黄鶴樓

老朋友嚮西告别黄鶴樓，要遠行去了。黄鶴樓是武漢的一處名勝，傳説仙人在這裏騎鶴上天，後代文人多有流連題詠。李孟二人大概一同游覽了，並在這裏分别。因爲黄鶴樓在揚州之西，所以説"西辭"，暗寓東行。

烟花三月下揚州

在烟霧迷蒙、春花燦爛的三月時節，故人乘船東下去揚州。"烟花"一語的概括性極强，教人分不清是烟雲，是草樹，是春水，是晴嵐，分不清是在江夏，還是揚州，抑或是沿途，衹覺到處瀰漫着。而開元時代的揚州，是一個繁華的都會，給人的感覺何嘗不是如此呢？行者與送者，似乎都沐浴在春風中。將黄鶴樓與"下揚州"放到一起，讓我們不禁想到"騎鶴下揚州"的故事。或許詩人並無此意，但既然孟浩然是一位風流散淡的詩人，將其與仙人騎鶴的形象聯想在一起，也還是可以的。而揚州這一"繁華似錦地"，曾激起多少人對它的嚮往，尤其是對於那些浪漫的文人雅士來説，就更意味着無盡的動人想象。即便到了現在，它已經風光不再，但"揚州"二字依舊包含着數不盡的風流。

此句寫出行季節與行程，紀事中兼有寫景，一筆便抹出了暮春時節、繁華之地的迷人景色。意境優美，文字綺麗，清人孫洙譽爲"千古麗句"。

孤帆遠影碧空盡

故人揮一揮手，走了，詩人站在黄鶴樓前，目送着他。衹見一片孤帆的遠影，一點一點消失在碧水藍天處。這一句包含着一個時間的過程：即先前尚可見到船隻，後來衹見一片白帆，再後來就剩下一點影子。送行者的深情由此可見。

所謂“孤帆”，此時江面上未必衹有故人一船，衹是詩人眼中無它。在宋朝人編的《萬首唐人絶句》中，這句寫成“孤帆遠影碧山盡”，在陸游的《入蜀記》中，則寫成“征帆遠映碧山盡”。顯然，“空”字展開的境界更爲闊大，而“山”字則阻斷了人的視綫，限制了想象空間。

惟見長江天際流

故人漸去漸遠，詩人什麽都看不到了，衹看到茫茫的長江水在天邊奔流。送别的過程即將結束，這句却將其轉换成一種延續性的狀態。詩人的目光似乎要穿越時空，他的情意正如那滔滔不絶的流水，追隨友人而去。這讓我們想起李白的另一句詩“仍憐故鄉水，萬里送行舟”。在李白的詩裏，流水是有情的。清沈德潛説：“七言絶句以語近情遥，含吐不露爲貴；衹眼前景、口頭語，而有弦外音，使人神遠，太白有焉。”

評解

同是送别詩，王勃在《送杜少府之任蜀州》説：“海内存知己，天涯若比鄰。無爲在歧路，兒女共沾巾。”是一種少年剛腸的離别。王維在《渭城曲》説：“勸君更進一杯酒，西出陽關無故人”，是一種深情體貼的離别。李白的這首送别詩有它自己特殊的情味，是一種充滿詩意的離别。其所以如此，大概是因爲這是兩位風流瀟灑的詩人的離别，還因爲這次離别跟一個繁華的時代、繁華的季節、繁華的地區相聯繫，在愉快的分手中還帶着詩人李白的嚮往。

長相思

長相思，在長安。
絡緯秋啼金井闌，
微霜凄凄簟色寒。
孤燈不明思欲絶，
捲帷望月空長嘆。
美人如花隔雲端。
上有青冥之高天，
下有淥水之波瀾。
天長路遠魂飛苦，
夢魂不到關山難。
長相思，摧心肝。

題解

《長相思》是樂府舊題，屬“雜曲歌辭”，多寫思婦之情。李白前後共作兩首，這裏選其一。大概作於李白第一次入京師長安期間。當時他奔走於權貴名流之門，希望“攀龍見明主”，却處處受挫，不得其門而入。也有人認爲，這首詩是李白被排擠離開長安後回憶過往之作。

長相思 詩意圖 廖松崗 繪

【句解】

長相思，在長安

詩人開篇即直抒胸臆。他長期思念的人呀，在長安。“長”，表明思念由來已久，並且一直持續，可見其深情執著。“長安”，今陝西西安，爲唐朝國都。

絡緯秋啼金井闌，微霜凄凄簟色寒

“絡緯”，俗稱紡織娘。“金井闌”，言井欄之精美。秋夜裏，紡織娘在精美的井欄邊鳴叫。詩人由秋聲、秋意起興，描寫環境，渲染氣氛，實則寫人物心理。先寫所聞，秋蟲鳴叫，歲時將晚，有悲秋之意；再寫所感，“微霜凄凄”，人物似乎暴露在秋霜中，凄冷之氣逼人。“簟色寒”，寒意浸在席上，將人包圍，暗示夜不能寐。據此可見孤單凄涼之狀。從其居處來看，非貧寒之地。然而何以有此“哀景”？當是心理落寞，境由情生。

孤燈不明思欲絶，捲帷望月空長嘆

這兩句寫詩人凄苦的思念、無可排遣的憂傷和一籌莫展的境遇。“孤”，不僅寫燈，也言人。本來已是滿目凄涼，又獨對孤燈，如何不讓人黯然神傷。而“不明”，更給人的愁思增添了陰影。所有這些，都緣於刻骨的相思，真叫人傷心欲絶呀！思之不得，捲簾外望，想要一吐積鬱。空中一輪明月，可否寄相思？明月無語，詩人無可奈何，衹有借月言愁，空自長嘆。

美人如花隔雲端

美人如花，遠遠相隔在雲端。這是一個獨立句，是理解全詩的關鍵。“長相思”的題意到此具體表明。“美人如花”，以虛寫實，美不可言，而又朦朦朧朧。既在長安，又在雲端，可謂近在眼前，遠在天邊，可望但不可及。一在地上，一在天上，亦見傾心仰慕之情。

上有青冥之高天，下有渌水之波瀾。天長路遠魂飛苦，夢魂不到關山難

詩人想要走近遠在雲端的美人，但放眼望去，上面有幽遠蒼茫的青天，下面有清江掀起的波瀾。“青冥”，青是天的顔色，冥是形容天的幽遠深邃。“渌”，指水色清澈。“之”字的運用，使得音調曼長動聽，形成詠嘆的語感，正如《詩大序》所謂“嗟嘆之不足，故永歌之”（“永歌”，即拉長聲調歌唱）。這種句式，爲李白特別樂用，如“蜀道之難，難於上青天”“棄我去者，昨日之日不可留；亂我心者，今日之日多煩憂”等等。

詩人承受着精神上的煎熬，在夢幻中魂魄飛揚，去尋找他思念的人兒。然而天長路遠，魂魄苦於飛度；重重關山，阻難於前，夢魂亦不能到達。顯然，他們之間有着難以逾越的距離。但這距離不是地理上的，那麼是什麼呢？一直到全詩結束都没有説出。

這四句並非實指，而是虛寫，將相思之情吐露得淋漓盡致，同時把讀者的思緒帶到一個更大的空間和氛圍中。這幾句詩在音韻上頗有情致，可謂辭清意婉，十分動人。

長相思，摧心肝

長久的思念啊，摧斷心肝。詩以沉重的嘆息作結，回應篇首，有一唱三嘆之意。結句短促有力，言已畢而情未盡。

評解

有人説，這首《長相思》就是一首單純的愛情詩。從這個角度來欣賞，固然可以，但它不應僅止於此。

中國古詩中有以“美人”比喻所追求的理想人物的傳統，如《楚辭》“恐美人之遲暮”。而“長安”這個特定地點更暗示這裏是一種政治的托寓。以男女之情比喻君臣遇合，屈原的政治抒情詩《離騷》首創其例。從構思立意到遣詞用字，《長相思》都受到屈原辭賦中“求女”的影響。從這首詩中我們可以看到，詩人期望君臣遇合的心情格外强烈，格外迫切。這種强烈而又迫切的政治熱情，很難直書其事；即使直書，也很難淋漓盡致；即使淋漓盡致，又可能失於淺露，反倒乏味。於是，詩人采用比興手法來曲盡其戀，借用纏綿悱惻、不能自已、甚至生死以之的男女之情，來托喻君國之思。正如王夫之在《唐詩評選》中所説：“題中偏不欲顯，象外偏令有餘，一以爲風度，一以爲淋漓，嗚乎，觀止矣。”意思是説，在這首詩中，作者把他要表現的主題隱藏起來，而在形象之外却有弦外之音，既含蓄藴藉，又淋漓盡致。

春夜洛城聞笛

誰家玉笛暗飛聲，
散入春風滿洛城。
此夜曲中聞折柳，
何人不起故園情。

題解

這是一首七言絕句，大約作於開元二十二年（734）。當時李白客居洛城，即今天的河南洛陽。在唐代，洛陽是一個很繁華的都市，稱東都。一個春風沉醉的夜晚，繁華喧鬧了一天的洛陽城已經平靜下來。李白大概正在客棧裏，因偶然聽到的笛聲而觸發故園情，作此詩。

春夜洛城聞笛 詩意圖 董淑嬪 繪

【句解】

誰家玉笛暗飛聲

誰家的玉笛，在静夜裏悄悄地響起？詩人或許正在讀書、閑坐，或做着其他的事，一曲笛聲不期然響起，夜深人静，笛聲清遠而動聽。他被吸引住了，循聲望去，却辨不清笛聲來自哪裏。“玉笛”，指玉製的笛，或笛子美稱，或羌笛的代稱，不確定，存疑。

散入春風滿洛城

春風徐徐，笛聲飄散在風中，風又吹送笛聲，飄滿了洛陽城，讓人想到“此曲衹應天上有”。這一句雖帶有藝術的誇張，却襯出笛聲的動人、夜的安静。惟其如此，才會在詩人的聽覺與想象中飄滿洛城，似乎其他的聲音都不存在了，似乎全城人都在凝神静聽。

此夜曲中聞折柳

今夜，縹緲的笛樂中，我聽到了思鄉懷親的《折楊柳》。笛樂飄飄，如此動人，究竟吹的是什麼曲子呢？“折柳”，即《折楊柳》，漢代横吹曲名，内容多寫離别之情。如《舊唐書・樂志》載北朝流傳的一首《折楊柳枝》：“上馬不捉鞭，反拗楊柳枝。下馬吹横笛，愁殺行客兒。”歷代文人倣作的《折楊柳枝》曲辭，也都是抒發離愁别緒的。在這裏，折柳既可理解爲聽到的是一首折柳曲，還可理解爲在樂曲中聽到了折柳的意緒。“柳”諧音“留”。古人送别親友時，折柳相贈，暗示留戀、留念的意思。折柳既是一種習俗，也代表一個場景、一種情緒。古人還有折柳寄遠的習慣，是盼遠游親人早歸的意思。

何人不起故園情

聽到這笛聲的，誰不會動思鄉之情呢？聯繫第一句看，這種游子懷念故園的感情，最初可能是隱藏的、莫可名狀的，因偶然聽到的笛聲突然明朗、强烈起來了。笛聲來自何處，何人在吹，是和自己一般的游子？是樂工？是歌妓？這些都讓詩人和讀者去猜測。而這些又都無須一一去分别，因爲思鄉之情對游子來説，都是共有的。它綿綿不絶，彌漫在夜空中，纏繞在游子心頭，抹不去化不開。“何人”一詞概括性極强，實則是突出詩人思鄉之情尤重。

評解

李白長年在外，在實現個人抱負方面受過一些挫折。這首詩頗有倦游思歸之意。

俞陛雲《詩境淺説續篇》："春宵人静，聞笛韻悠揚，正引人幽緒；及聆聽曲調，不禁黯動鄉國之思。釋貫休《聞笛》詩云：'霜月夜徘徊，樓中羌笛催。曉風吹不盡，江上落殘梅'。同是風前聞笛，太白詩有磊落之氣，貫休詩得蘊藉之神，大家名家之别，正在虛處會之。"

將進酒

君不見黄河之水天上來，奔流到海不複回。

君不見高堂明鏡悲白髮，朝如青絲暮成雪。

人生得意須盡歡，莫使金樽空對月。

天生我材必有用，千金散盡還複來。

烹羊宰牛且爲樂，會須一飲三百杯。

岑夫子，丹丘生，將進酒，杯莫停。

與君歌一曲，請君爲我傾耳聽。

鐘鼓饌玉不足貴，但願長醉不複醒。

古來聖賢皆寂寞，惟有飲者留其名。

陳王昔時宴平樂，斗酒十千恣歡謔。

主人何爲言少錢，徑須沽取對君酌。

五花馬，千金裘，呼兒將出换美酒，與爾同銷萬古愁。

將進酒 詩意圖 顧炳鑫 繪

題解

開元二十二年（734），李白出游襄陽，拜訪了以舉賢著稱的韓朝宗，在《與韓荆州書》一文中，他説自己“雖長不滿七尺，而心雄萬夫”，“日試萬言，倚馬可待”，希望韓朝宗舉薦自己，但没有結果。開元二十三年（735），他應元演之邀，北游太原。第二年返回河南，與友人元丹丘、岑勛在嵩山南麓潁陽山置酒相會，《將進酒》即此時所作。也有人認爲，這首詩作於天寶十一載（752）。

在中國文學史上，詩與酒相從相隨，幾乎有一種天生的緣分。李白好飲，也善飲，留下了很多與酒有關的名篇。杜甫這樣寫道：“李白斗酒詩百篇，長安市上酒家眠，天子呼來不上船，自稱臣是酒中仙。”

《將進酒》是漢樂府曲名，意爲“勸酒歌”。古代的歌詞，有以飲酒放歌爲言的，有以濡首荒志爲戒的。李白同樣是借酒抒懷，“填之以申己意”。

【句解】

君不見黄河之水天上來，奔流到海不複回。君不見高堂明鏡悲白髮，朝如青絲暮成雪

李白和朋友相聚暢飲的潁陽離黄河不遠，於是借黄河水以起興。你難道没有看見，洶涌奔騰的黄河之水，有如從天上傾瀉而來？它滚滚東去，奔嚮東海，永遠不回還。你難道没有看見，在高堂上面對明鏡，深沉悲嘆那一頭白髮？早晨還是滿頭青絲，晚上已變得如雪一般。

詩篇發端用兩組排比長句，天地人生都説到了，境界闊大，仿佛天風海雨迎面撲來。前兩句從空間上放大，後兩句從時間上壓縮。詩人寫黄河，總是極盡其宏大氣魄和浩大聲勢，如“黄河如絲天際來”“黄河西來决崑崙，咆哮萬里觸龍門”等，基調是壯。這次却有“不複回”之嘆，可謂壯中有悲。那是因爲融入了年華易逝之感。以流水喻時光易逝，古已有之。如《論語》載：“子在川上曰：逝者如斯夫，不捨晝夜”；漢樂府《長歌行》説：“百川東到海，何時複西歸？少壯不努力，老大徒傷悲。”

其時李白正值青年，並非“白了少年頭”，而顧鏡自悲，是在説人生易老，一朝一暮，何其快也。回首往事，功業未成，更易有人生短促的悲嘆。但這種悲嘆，在李白筆下，頗有慷慨豪邁之意，不是凄凄慘慘，而是呼號奮發。

人生得意須盡歡，莫使金樽空對月。天生我材必有用，千金散盡還複來。烹羊宰牛且爲樂，會須一飲三百杯

悲嘆雖然不免，但悲觀不是李白的性格。在他看來，“白髮如絲嘆何益”。雖然政治理想不如意，但難道因此而消沉嗎？人生得意之事，又哪裏衹是這一點呢？得意也罷，失意也好，都要盡情享受生活每一天。與朋友聚會暢飲，即是“盡歡”之一。因此他說：人生在世適意高興之時，就應盡情歡樂，切莫讓金杯空對皎潔的明月。

這種豪情，不僅是性格使然，也來自詩人對自我價值的肯定和自信，他說：既然老天造就我這棟梁之材，就一定會有用武之地；即使散盡了千兩黃金，也會重新得到。這一方面表明詩人渴望用世，同時又說明懷才不遇。不過他相信，一旦時機到了，自己就會志得意滿，大有作爲。這種樂觀自信的精神、慷慨激昂的氣概，一直伴隨詩人終生。

詩人曾“東游維揚，不逾一年，散金三十餘萬，有落魄公子，悉皆濟之”，後來“黃金散盡交不成”。雖如此，他並不以爲意，他堅信自己終有用世的一天，因此即使“千金散盡”，身無分文，乃至一時潦倒，又算得了什麽。

既如此，在這相聚的時候，就該烹羊宰牛盡情歡樂，一定要喝上三百杯。詩人豪情畢現，他要於酣暢淋灕的痛飲中，享受人生快意。

岑夫子，丹丘生，將進酒，杯莫停。與君歌一曲，請君爲我傾耳聽

詩人興之所至，禁不住要歌之詠之：岑夫子，丹丘生，請快喝呀不要停，我爲你們唱一首歌，請你們側耳爲我細細聽。“杯莫停”，有的版本作“君莫停”。

這一段短句，不但使詩歌節奏富於變化，而且正如席間勸酒的話，具有生活色彩。至此，狂放之情趨於高潮，詩的旋律加快。

岑夫子、丹丘生，都是李白的好友。岑勛生平不詳，曾隱居在河南鳴臯山。元丹丘是當時著名的隱士。李白和他的交往很深，在《李太白全集》中寫給他的詩多達十餘首。從“疇昔在嵩陽，同衾卧羲皇”來看，兩人曾共同隱居過一段時間。嵩陽，即嵩山之陽，這是元丹丘的主要隱居地。

鐘鼓饌玉不足貴，但願長醉不複醒。古來聖賢皆寂寞，惟有飲者留其名

“鐘鼓”，富貴人家宴會中奏樂使用的樂器。“饌玉”形容食物像玉一樣精美。這裏借指達官貴人。詩人說：在鐘鼓齊鳴中享受豐美食物的豪華生活，並不值得珍貴，我但願永遠沉醉而不再清醒；自古以來，那些聖賢無不感到孤獨

寂寞，惟有寄情美酒的人才留下美名。

詩情至此，分明由狂放轉而爲激憤。“鐘鼓饌玉”的生活，詩人不以爲然，言下之意，一些人雖然富貴如此，却無德無能；以他天生有用之才，本當位至卿相，却懷才不遇。然而，現實如此，他又能怎樣呢？既不願在清醒中痛苦，則衹好在醉酒中尋求解脱。看看那些古來聖賢，又有多少得遇知音，爲人賞識呢？説古人“寂寞”，其實也是在説自己寂寞。既如此，還不如逃於醉鄉，快快活活。“飲者”，决非一般酒徒，而是酒中聖賢。“惟有”，不過是憤激之辭。自己雖然一時寂寞，做個無奈的“飲者”，但詩人堅信，以己之才，定會留名於世。

陳王昔時宴平樂，鬥酒十千恣歡謔。主人何爲言少錢，徑須沽取對君酌。五花馬，千金裘，呼兒將出换美酒，與爾同銷萬古愁

大概是作爲主人的元丹丘，恐怕李白飲酒過多，便故意説没有錢買酒了，李白却不肯罷休。他反客爲主，豪放之態畢現：陳王曹植過去曾在平樂觀大擺酒宴，即使一斗酒價值十千也在所不惜，衹爲着盡情歡樂嬉戲；主人啊，你爲什麽説錢不多呢，衹管去買酒來讓我們一起暢飲；這五花寶馬、千金狐裘，且叫孩子拿去换回美酒，我要與你們豪歌痛飲，消解這萬古煩愁！

三國時的曹植曾被封爲陳王，他才華橫溢，但常常任性而行，飲酒不節，最終没能得到父親曹操的重用。後又遭兄、侄猜忌，雖志嚮遠大，終究鬱鬱不得志，死時年僅四十一歲。李白既欣賞其人，又同情他的遭遇。曹植《名都篇》中有“歸來宴平樂，美酒斗十千”兩句，寫的是一個貴族青年，無所事事，衹有以鬥鷄走馬，歌舞飲酒爲樂，借以消遣歲月。實際上寫的就是他自己，抒發不受重用的悵怨之情。李白在詩中用“陳王”故事，暗中也有這個意思。“平樂”，觀名，在洛陽西門外，爲漢代富豪顯貴的娱樂場所。

情猶未已，突然又迸出最後一句，與開篇之“悲”相呼應。“萬古”，言愁的深廣，非一人一時一事之愁，而是古今皆有的懷才不遇、報國無門的痛苦與憂愁。“五花馬”，一説毛色作五花紋，一説頸上長毛修剪成五瓣，言其名貴。

評解

歷代文人借酒澆愁雖然屢見不鮮，但表現得這樣曠達，這樣豪放，却很少見。詩人一方面感到青春易逝，功業未成，因而自悲自嘆；一方面又覺得來日方長，此生大有可爲，故又自慰自解。於是詩中就出現了明暗交織、悲歡雜糅

的調子。全篇飽含一種深廣的憂憤和對自我的信念，悲而能壯，哀而不傷，極憤慨而又極豪放，即根源於此。

此詩筆酣墨飽，情極悲憤而作狂放，語極豪縱而又沉着，具有震動古今的氣勢與力量。全篇大起大落，詩情忽翕忽張，由悲轉樂、轉狂放、轉憤激、再轉狂放，最後收筆於“萬古愁”，回應篇首，有氣勢，亦有曲折。通篇以七言爲主，而雜以三、五、十言句；詩句以散行爲主，又以短小的對仗語點染，節奏疾徐盡變。《唐詩别裁》説：“讀李詩者於雄快之中，得其深遠宕逸之神，才是謫仙人面目。”此篇正是。南宋著名文學評論家嚴羽説：“一往豪情，使人不能句字賞摘。蓋他人作詩用筆想，太白但用胸口一噴即是，此其所長。”

蜀道難

噫吁戲，危乎高哉！蜀道之難，難於上青天！
蠶叢及魚鳧，開國何茫然！
爾來四萬八千歲，不與秦塞通人烟。
西當太白有鳥道，可以横絶峨眉巔。
地崩山摧壯士死，然後天梯石棧相鈎連。
上有六龍迴日之高標，下有衝波逆折之迴川。
黄鶴之飛尚不得過，猿猱欲度愁攀援。
青泥何盤盤，百步九折縈巖巒。
捫参歷井仰脅息，以手撫膺坐長嘆。
問君西游何時還，畏途巉巖不可攀。
但見悲鳥號古木，雄飛雌從繞林間。
又聞子規啼夜月，愁空山。
蜀道之難，難於上青天，使人聽此凋朱顔！
連峰去天不盈尺，枯松倒挂倚絶壁。
飛湍瀑流争喧豗，砯崖轉石萬壑雷。
其險也如此，嗟爾遠道之人，胡爲乎來哉！
劍閣峥嶸而崔嵬，一夫當關，萬夫莫開。
所守或匪親，化爲狼與豺。
朝避猛虎，夕避長蛇，磨牙吮血，殺人如麻。
錦城雖云樂，不如早還家。
蜀道之難，難於上青天，側身西望長咨嗟！

蜀道難 詩意圖 苗重安 繪

題解

《蜀道難》是李白在長安時所寫。題目屬古樂府舊題，現存的還有梁陳時代的幾首，都寫蜀道之難，但内容單薄。李白此詩在意旨及寫法上有所創新，爲千古名篇。

這首詩的寓意，歷來衆説紛紜，莫衷一是。歸納起來主要有以下幾種：（一）斥嚴武説。稱劍南節度使嚴武欲害房琯、杜甫，這首詩爲擔心房、杜安危而作。（二）刺章仇兼瓊説。稱此詩爲諷刺章仇兼瓊而作，警誡朝廷防范他有反叛之心。章仇兼瓊曾任劍南節度使，是個善於媚上取寵的小人。（三）諷喻説。認爲文中的“君”是指唐玄宗，唐玄宗在安史之亂時逃難到蜀地，李白寫此詩是勸諫唐玄宗不要久留蜀地，而應心懷國家安危，回到長安。（四）詠蜀説。此説出自明胡震亨《李詩通》，認爲此詩自爲“詠蜀耳，言其險，更著其戒”。清顧炎武在《日知録》中亦持此説：“李白《蜀道難》之作，當在開元、天寶間。時人共言錦城之樂，而不知畏途之險，异地之虞，即事名篇，别無寓意。”（五）仕途説。認爲此詩表面寫蜀道的艱險，實則寫仕途坎坷，反映了詩人在長期的漫游中屢遭躓礙的生活經歷和懷才不遇的憤懣。

以上解讀中，前兩説皆不足信，較多爲人采用的是詠蜀説及仕途説。

【句解】

噫吁戲，危乎高哉！蜀道之難，難於上青天！蠶叢及魚鳧，開國何茫然！爾來四萬八千歲，不與秦塞通人烟

詩篇開頭即起勢突兀，用强烈的感嘆、誇張的語調、超人的想象，點出“蜀道難”這一主題。他説，哎呀呀，山多麽高，多麽險啊！蜀道的難行，比登上青天還難！蠶叢和魚鳧這兩位古蜀王，他們建國的年代是多麽久遠不明。從那時到現在已有四萬八千年，蜀國還不曾和秦地的人們溝通來往。

“噫吁”，驚嘆聲，宋庠《筆記》説：蜀人見物驚异，輒曰“噫吁”。“蠶叢”和“魚鳧”，是傳説中的古蜀國的兩個國王。“四萬八千歲”，是誇張的説法，極言時間的漫長。“秦塞”，指秦地，即今陝西省中部地區，爲古代秦國的發源地，古稱秦爲“四塞之國”。

西當太白有鳥道，可以橫絶峨眉巔。地崩山摧壯士死，然後天梯石棧相鈎連

爲什麼説蜀道的難行比上天還難呢？你看，長安西面有太白山擋住了入蜀之路，山是那樣的高，祇有鳥兒飛行的路徑，沿此可以橫越峨眉山的頂峰。

秦蜀之間群山連綿起伏，峭拔險峻，構成兩地交通的一大屏障。由秦入蜀，太白峰首當其衝，它位於長安以西，是關中一帶的最高峰。《名山志》云："關中諸山莫高於此。其山巔高寒，不生草木，常有積雪不消，盛夏視之猶爛然，故以太白名。"詩人則誇張地説祇有鳥兒才能飛得過。峨眉山也是有名的高山，"四川有個峨眉山，離天祇有三尺三。"詩人選取這兩座山爲代表，意在表明自秦入蜀，都是高峰難行。

詩人還借用《華陽國志·蜀志》中的一則神話故事，説：山崩了，地裂了，壯士們死去，然後才有天梯一樣的山路與棧道，將秦蜀兩地溝通連結。相傳秦惠王想徵服蜀國，知道蜀王好色，答應送給他五個美女。蜀王派五位壯士去迎接。回到梓潼（今四川劍閣）時，看見一條大蛇進入穴中，一位壯士抓住了蛇尾，其餘四人也來相助，用力拉拽。不多時，山崩地裂，壯士和美女全被壓死，而山分爲五嶺，入蜀之路遂通。這便是"五丁開山"的故事。雖爲神話，却是現實的反映。戰國時秦惠王滅蜀，修棧道，置蜀郡，從此蜀地開始與秦交通。那些棧道是在懸崖絶壁上鑿石架木、鋪設路面而成，有的寬僅盈尺，下臨深淵，行走其上，心驚膽顫。由此可見，古蜀道的開闢是十分艱難的，不异於地崩山摧，不知有多少人爲此獻出生命，正如神話故事所描繪的那樣，具有神奇悲壯的色彩。

上有六龍迴日之高標，下有衝波逆折之迴川。黄鶴之飛尚不得過，猿猱欲度愁攀援

蜀道的高危難行，究竟何以見得？你看，上面有太陽神的六龍車也要迴車繞道的高峰，下面有波濤滚滚、爲大山所阻而迴旋轉折的急流。黄鶴善於高飛吧，尚且不能越過；輕疾敏捷的猿猴想要通過，也發愁不能攀援。

詩人不但把誇張和神話融爲一體，寫山勢的高危，而且襯以水險，再借黄鶴與猿猱來反襯。由此可知，人要行走是何等之難。"六龍"，傳説太陽神的車子是由羲和駕着六條龍，每天在空中行駛。"迴"，迂迴、繞道。"高標"，指山中最高而爲一方標志者，極言蜀山之高，成爲羲和迴車的標志。

以上用虛寫手法層層映襯，接着詩人就具體描寫山路的難行。

青泥何盤盤，百步九折縈巖巒。捫參歷井仰脅息，以手撫膺坐長嘆

那青泥嶺的山路是何等曲折盤旋，每走一百步就要繞着峰巖九次轉彎。山高入雲，走在上面，用手就可摸到星星。仰起頭來，似乎呼吸都被壓抑屏住。唉，山勢是那樣峻危，行走是那樣艱險，直叫人心驚膽顫，衹好手撫胸口，坐下來連聲長嘆。

行人提心吊膽，神情惶悚，困危之狀如在眼前，蜀道之難，真如登天。“青泥”，山嶺名，位於今甘肅、陝西兩省界上，爲入蜀要道，其嶺懸崖萬仞，上多雲雨，行人常常碰上泥淖，故得名。“參”和“井”，爲星宿名，分别是蜀、秦的分野。所謂分野，是指古時根據天上星宿位置，劃分地面相應的區域。

問君西游何時還,畏途巉巖不可攀。但見悲鳥號古木，雄飛雌從繞林間。又聞子規啼夜月，愁空山

至此，蜀道的難行似乎寫到了極處，但詩人筆鋒一轉，又是一番情狀：我且問你，你到西邊遠游，什麽時候回還？那可怕的路途、險峻的山巖，實在不可登攀。一路上，衹見悲傷的鳥兒在古樹間啼唤，雌的跟着雄的飛繞在叢林間。又聽到杜鵑鳥在月夜哀啼，一聲聲“不如歸去”，真是愁繞空山啊！

詩人借古木荒凉、鳥聲悲凄的自然環境，渲染旅愁和蜀道孤寂蒼凉的氣氛，説明蜀道的難行，不僅是對人生理的挑戰，更給人帶來心理的不安。“子規”，即杜鵑鳥，蜀地常見，春暮即鳴，常常通宵達旦。傳説爲蜀王杜宇的魂魄所化，其聲凄切，諧爲“不如歸去”。

蜀道之難，難於上青天，使人聽此凋朱顔！連峰去天不盈尺，枯松倒挂倚絶壁。飛湍瀑流争喧豗，砯崖轉石萬壑雷。其險也如此，嗟爾遠道之人，胡爲乎來哉

沿着蜀道前行，景色不斷變换，但不變的依然是艱險。唉，蜀道真難啊，難於上青天，人一聽到這，美好的容顔就憔悴了。你看那群峰連綿，離天不到一尺，枯松倒挂，依靠在懸崖絶壁上。飛瀉的急流瀑布争相咆哮喧騰，衝擊山崖，翻轉石塊，好似千萬條山谷中巨雷轟鳴。蜀道是這樣的艱險，可嘆你這遠方之人，爲什麽要來這地方！

這好像一組電影鏡頭。先是遠景大畫面：山巒起伏、連峰接天；接着平緩拉近，仰視上推：枯松倒挂絶壁；爾後轉爲特寫：飛流、瀑布、懸崖，水石激蕩，再配以山谷轟鳴的音響，真是驚險萬狀，目不暇接。這組句子氣勢磅礴，節奏很快，極盡誇張之能事。

"喧豗"，喧鬧聲。"砯"，撞擊聲，這裏是撞擊的意思。

劍閣崢嶸而崔嵬，一夫當關，萬夫莫開。所守或匪親，化爲狼與豺。朝避猛虎，夕避長蛇，磨牙吮血，殺人如麻

在蜀道上一路跋涉，不僅有天險，還要防備歹人與毒蛇猛獸的攻擊。到得劍門關前，衹見山勢高大雄峻，一人把守，萬人不能闖開。假如守關的人不是親信，就會像豺狼一樣起了野心，成爲叛逆禍患。在這裏，早上要防備猛虎的襲擊，晚上要警惕毒蛇的暗算。它們磨尖牙齒，吸食人血，殺的人就像亂麻一樣多。

詩人在對劍閣險要形勢的描寫中，融彙了前人的詩句，晋人張載的《劍閣銘》中寫道："一夫荷戟，萬夫趑趄，形勝之地，匪親勿居。""劍閣"，又名劍門關，今四川省劍閣縣以北，在大劍山和小劍山之間有一條三十里長的棧道，群峰如劍，連山聳立，削壁中斷如門，形成天然要塞。因其易守難攻，古爲兵家爭奪之地，在此割據稱王者不乏其人。有人說，猛虎、長蛇比喻割據、禍害一方的人，也有人說是寫實。"匪"，通"非"。

錦城雖云樂，不如早還家。蜀道之難，難於上青天，側身西望長咨嗟

錦城雖說是塊樂土，還是不如早早回家。蜀道難啊，難於上青天！我轉身嚮西眺望，禁不住連聲長嘆！

這是全詩的結束語。主旨句第三次出現，有深沉的慨嘆意。"長咨嗟"三字，若有餘音，發人深思。"錦城"，即錦官城，成都的别稱。成都以産錦著名，古代曾設錦官於此，專理其事，故稱之。

評解

雖然本詩難確指一人一事，但全詩極言蜀道之難之險，同時激蕩着一種奇偉之氣，有卓犖不群、横空傑出的氣勢。基調與李白出蜀時所寫詩篇不同，極近於開元末、天寶初被迫離開長安後的一些作品。

讀《蜀道難》，既感受到大自然動人心魄的奇險與壯偉，又給人以迴腸蕩氣之感。如此多的畫面此隱彼現，其境界之闊大，自不待言。無論寫山之高，水之急，河山之改觀，林木之荒寂，連峰絶壁之險，皆有逼人之勢，其氣象之宏偉，確非他人可及。再從總體來看，其變化極速，愈變愈奇，又往往出人意料，

使人目不暇接。正如清代詩評家沈德潛所盛稱：“筆勢縱橫，如虬飛蠖動，起雷霆於指顧之間。”

杜甫稱讚李白的詩“驚風雨”“泣鬼神”，《蜀道難》正如此。明代詩人高啓稱此詩爲“商聲激烈”。“商聲”，傷心之聲也，然而却又“激烈”；不是凄凄切切，而是呼號奮發、自由奔放的悲歌。《唐摭言》卷七記載：“李太白始自西蜀至京，名未甚振，因以所業贄謁賀知章。知章覽《蜀道難》一篇，揚眉謂之曰：‘公非人世之人，可不是太白星精耶？’”

《蜀道難》采用的句式長長短短，參差錯落，基本上使用五七言詩歌的句法，但中間又用了大量散文化詩句，一切都像是信手拈來，使人讀着如覺龍騰虎躍於高崖深壑之間。詩的用韻，也突破了梁陳時代舊作一韻到底的程式。後面描寫蜀中險要環境，一連三换韻脚，極盡變化之能事。故殷璠所編《河岳英靈集》稱此詩“奇之又奇，自騷人以還，鮮有此體調”。捉摸殷璠的意思，是説李白情感充沛，想象力和語言都特別有震撼力。

月下獨酌

花間一壺酒，獨酌無相親。
舉杯邀明月，對影成三人。
月既不解飲，影徒隨我身。
暫伴月將影，行樂須及春。
我歌月徘徊，我舞影零亂。
醒時同交歡，醉後各分散。
永結無情游，相期邈雲漢。

題解

《月下獨酌》爲五言古詩，共四首，這裏選的是第一首。宋本題下註明“長安”二字，一般都認爲寫於長安時期，約天寶二、三載（743、744），那時李白被唐玄宗召入長安供奉翰林。他好不容易到了皇帝身邊，本想輔佐皇帝，在政治上做一番事業的。但玄宗衹是讓他侍宴陪酒，寫些應酬歌頌文章，並沒有重用他的意思。不光如此，他還受到一些人的排擠和讒譭。因此，他感到孤獨、苦悶，常常借酒澆愁。從題目可以看出，詩人是在月下一個人喝酒。“獨”字非常突出，領起全詩。

月下獨酌 詩意圖 劉旦宅 繪

【句解】

花間一壺酒，獨酌無相親。舉杯邀明月，對影成三人

詩人在花叢中擺上一壺酒，自斟自飲。邊賞花邊飲酒，本是樂事，但從“獨酌”中可見出詩人孤單落寞之態。“無相親”，即没有可以親近的人，説明詩人渴望有知己相伴。見月光照身，身影投地，他忽發奇想，舉杯嚮天，邀請明月，與自己的影子相對，於是成爲“三人”。冷清清的場面，似乎一下熱鬧起來了。李白自稱“酒中仙”，樂時以酒助興，愁時以酒解憂。月亮同樣是他精神世界中永遠的知己，與酒一起，構成李白詩歌中最頻繁光顧的常客。漫游在外，月光勾起他游子的鄉情；秋月裏，他曾傾述過不盡的相思；月光下，他和古人結爲知己。明月在李白的詩中，常被作爲至純至美至真的象徵。

骨子裏是愁，却偏要言樂；明明孤獨無知音，却硬要説得熱鬧。由此可見，詩人儘管寂寞失意，却仍不失瀟灑飄逸之風。

月既不解飲，影徒隨我身。暫伴月將影，行樂須及春

但是明月不懂得開懷暢飲之樂，影子也衹是默默地跟隨在人的左右，詩人還是衹能獨酌。“不解飲”，是説月亮没有知覺，不解人意。“隨我身”，是説影子終究是附庸於人的虚象，不可與之共語。又分别以“既”字、“徒”字來加重語氣，傳達出無可奈何之情。

前面剛剛幻想出兩位朋友，把明月和影子人格化，現在又還其本來面貌，它們衹是無知無感的自然物和自然現象罷了。於是，詩人從天真的幻想中回歸到眼前的實景，從假想的寬慰中跌入孤寂的愁思之中，而且語氣中似乎帶着嗔怪月亮和影子的意思。物本無知，而仍然怨之。這種遷怨於物的寫法，表達了一種十分曲折的情感。

儘管清醒地知道明月和清影並不能寬解内心的寂寞，但在無可如何之時，也衹好暫時伴着它，他要趁此美景良辰，及時行樂。“將”，是和的意思。詩人又從不如意的現實跳了出來，尋找自我解脱的幻境。不過，在春夜裏，獨自在花間喝悶酒，有什麼“樂”可言呢？所謂“行樂”，不過是寄情花月詩酒，逃離世俗的雜念干擾，排遣一下内心的鬱悶愁煩罷了。一個“暫”字，説明詩人也清醒地知道，這種解脱不過是暫時的。

我歌月徘徊，我舞影零亂。醒時同交歡，醉後各分散

想到人生當及時行樂，詩人不禁興致勃然，他不但自斟自飲，而且載歌載

舞。他於酒意朦朧中感覺到月亮隨自己前後左右移動，傾聽自己放聲高歌，影子也搖曳紛亂，隨人翩翩起舞。

這幾句將人、月光和影子寫得一往情深。月和影本來都是無知無覺的，其“徘徊”“零亂”，活像是有情感的活動。詩人在描寫中將其擬人化，賦予强烈的主觀感情色彩，化無情爲有情，並與之達到情感交融的地步。從邏輯上講，物與人的内心世界並無多少關係。但從詩意的角度上看，二者却密不可分。正如林語堂所説：“它是一種詩意的與自然合調的信仰，這使生命隨着人類情感的波動而波動。”

正當忘乎所以時，詩人忽然意識到，清醒時他們一起歡樂，沉醉後却要各自分開離散，於是不覺又悲從中來。“交歡”，即一起歡樂。詩人清醒時，是落寞鬱悶的，而在歌舞痛飲時，暫時得到了歡樂。所以説，“醒時”實爲醉時。醉便醉了，却又擔心“各分散”，也就是説，儘管是虚幻的歡樂，他也不願失去。可見内心的孤獨寂寞仍是揮之不去。

永結無情游，相期邈雲漢

詩人希望和月、影永遠結下没有世俗之情的交游，相約在浩邈的雲天。“雲漢”，即銀河，這裏泛指遠離塵世的天界。原先衹想“暫伴”，現在却要“永結”，而且由人間到天上。“無情”是不沾染世情的意思。“無情游”，是超出於一般世俗關係的交游。這種擺脱了利害關係的交往，才是最純潔、最真誠的。現實中有太多的不如意，於是詩人希望超脱忘懷，遂有此感慨。

評解

《月下獨酌》寫與月、影同處，反襯出詩人的寂寞孤單，如詩家所説：“題本獨酌，詩偏幻出三人，月影伴説，反複推勘，愈形其獨。”在表現深沉的孤獨感的同時，又顯示出頗爲曠達超脱的情懷，《唐宋詩醇》評曰：“爾時情景雖複潦倒，終不勝其曠達。”這首詩的感情行進過程極富於曲折變化，其變化正是由潦倒和曠達交織而成的。總起來看，前八句是起伏相間，轉折有致。“花間”二句潦倒，“舉杯”二句曠達；“月既”二句又潦倒，“暫伴”二句又曠達；“我歌”四句，極寫與月、影交歡之樂，不僅曠達，而且俊逸；“永結”二句，更將想象引嚮高遠，顯示了“飄然思不群”的風致。全詩率性純真，毫無做作，沈德潛在《唐詩别裁》中説：“脱口而出，純乎天籟。此種詩，人不易學。”

下終南山過斛斯山人宿置酒

暮從碧山下，山月隨人歸。
却顧所來徑，蒼蒼横翠微。
相携及田家，童稚開荆扉。
緑竹入幽徑，青蘿拂行衣。
歡言得所憩，美酒聊共揮。
長歌吟松風，曲盡河星稀。
我醉君複樂，陶然共忘機。

題解

這首詩是李白在長安時所寫，但具體時間看法不一。很可能是李白二入長安、待詔翰林時所作。

詩的題目相當於一個小序，意思是詩人從終南山下來，過訪斛斯隱士，主人留宿備酒款待。終南山，秦嶺主峰之一，在京城長安以南。唐時長安的士人多來這裏游玩或隱居。斛斯山人，是一位複姓斛斯的隱士。“山人”，即山林隱者。

下終南山過斛斯山人宿置酒 詩意圖 馬振聲 繪

【句解】

暮從碧山下，山月隨人歸。却顧所來徑，蒼蒼横翠微

詩人整日在終南山裏游玩，直到傍晚才踏上歸途。從山上下來的路上，月亮一直伴隨着他。詩人回頭望望走過的山路，暮色已濃，看不分明，衹見灰黑的路影横斜籠罩在碧山之中。

首句極爲簡潔，白天游山玩水的情景一概略去，而衹寫游興。因爲興致盎然，才覺得月亮如老友相隨，很有人情味。“碧”，深緑色，比緑稍濃黑一些，是因爲山林罩上了暮色的緣故。“下”，即下山，透露出詩人雖游山終日却無多少倦意，步履仍然輕捷。“却顧”，即回頭看。詩人雖未正面寫山林之景，却是情中有景，不正是美好山色使詩人迷戀回頭嗎？“蒼蒼”，青黑、青灰色，這裏指山路因暮色而顯得灰暗。“翠微”，青黛色，代指青山。“横”，横斜，有籠罩意。

起首四句用筆簡練而神色俱佳，可謂“看似尋常最奇崛”。尤其是後面兩句，使全篇行雲流水般的節律有了一個必要的頓挫，也使此詩在明快的色調之外有了一種景深。

相攜及田家，童稚開荆扉。緑竹入幽徑，青蘿拂行衣

詩人下得山來，與斛斯山人牽手扶持，到了他的居處，“田家”指斛斯山人家。斛斯是隱士，不是真正的農家。“相攜”，一方面説明親熱，同時也因爲夜行山道，需要互相扶持。詩人是與斛斯山人同游終南山，相攜一起到家？還是在途中遇見，一同回家？兩者似都可解。

到了門前，孩童聞聲出來爲他們打開柴門。“荆扉”，是用荆條編成的柴門。唐詩中表示寒素清貧，而用於隱逸之士，則頗有野趣。他們沿着一條緑竹掩映的幽静小路走進去，兩旁如絲下垂的青蘿不時拂動行人的衣裳。“青蘿”，即女蘿，一名松蘿，地衣類植物，寄生在樹木上，常自樹梢懸垂，體如絲狀。

孩童、柴門、緑竹、幽徑、青蘿，呈現出田園生活的自然、素樸與恬静。

歡言得所憩，美酒聊共揮。長歌吟松風，曲盡河星稀。我醉君複樂，陶然共忘機

主客笑語歡言，詩人心情更是不錯，白天游山已很盡興，晚上又有這樣好的地方可以休憩。“得所憩”，不僅是讚美山人的庭園居室，也指與隱居此間的主人相投契。賓主共同暢飲，美酒一杯接着一杯，大有酒逢知己千杯少之意。“揮”，有灑、潑的意思，指飲酒，可能是爲了趁韻，同時又表現了豪飲的情狀。

酒酣興濃時，他們不禁放聲長歌，直到銀河中群星疏落，也就是夜很深了。“吟松風”，既可以説歌聲和松風聲交響，也可指琴曲。樂府琴曲有《風入松》。

這一夜，詩人享受到了自然的、簡單的、純粹的快樂，所以他最後説：我盡興而醉，你意興酣然，在開心歡樂中，全已忘掉世俗機巧。“陶然”，是樂融融的樣子。“忘機”，是道家語，意思是忘却了計較、巧詐之心，自甘恬淡，與世無爭。這應該是詩人有感而發。

評解

這首詩全用賦體叙述，前四句寫下山歸途所見，中間四句寫到斛斯山人家所見，末六句寫兩人飲酒交歡及詩人的感慨。這幾層意思，詩人一路寫來，平淡自然，並不刻意渲染，也没有詩人其他篇章慣用的誇張想象之辭，然而詩中流露出的自然淳樸之氣，却有很强的感染力。

行路難

金樽清酒斗十千，玉盤珍羞直萬錢。
停杯投箸不能食，拔劍四顧心茫然。
欲渡黄河冰塞川，將登太行雪滿山。
閑來垂釣碧溪上，忽複乘舟夢日邊。
行路難，行路難，多岐路，今安在？
長風破浪會有時，直挂雲帆濟滄海。

題解

《行路難》共三首，這裏選其一。大約作於天寶三載（743）從長安賜金放還之時。

《行路難》是古樂府雜曲歌辭名，内容多寫世路艱難及離别悲傷之意。本詩以“行路難”比喻世道險阻，抒寫了詩人在政治道路上遭遇艱難時産生的不可抑制的激憤情緒，但他並未因此而放棄自己的政治理想，仍盼着總有一天會施展抱負。表現了詩人對人生前途樂觀豪邁的氣概，充滿了積極進取的精神。

行路難 詩意圖 汪國新 繪

【句解】

金樽清酒斗十千，玉盤珍羞直萬錢。停杯投箸不能食，拔劍四顧心茫然

面對豐盛的美酒佳肴，“嗜酒見天真”的李白，本該開懷暢飲，但他却食不下嚥。他說：金杯裏斟滿美酒，一斗就要十千，玉盤中盛着珍貴菜肴，價值萬錢。但我推開杯子，丢下筷子，不願喝，也不想吃。可見心情是多麽苦悶抑鬱。

詩人没有借酒澆愁，而是焦躁不安，有一種行動的渴望。他拔出寶劍，放眼四望，似乎在尋找什麽，又像要隨時擊出寶劍。他好像在尋找出路，要斬斷那些阻礙。但出路在哪裏？他試過，找過，却無路可行。現在，他要去嚮何方，寶劍要指嚮哪裏，詩人心緒迷亂，茫茫然不知所措。

三國詩人曹植在《名都篇》中描寫洛陽飲宴時說：“歸來宴平樂，美酒斗十千。”李白在寫這首詩的時候，大概想到了他。曹植被稱爲才高八斗，儘管身懷利器，抱負不凡，却受到政治上的打擊，鬱鬱不得志。接着，李白又想到了南朝詩人鮑照，並化用了他的詩句。鮑照也是現實生活中的被壓抑者，他在《擬行路難》之六寫道：“對案不能食，拔劍擊柱長嘆息，丈夫生世會幾時，安能蹀躞垂羽翼？”顯然，這引起李白的强烈共鳴。

本詩起句極言宴席的華美，緊接着說對此了無心緒，是欲抑先揚的寫法。羞，同“饈”。“直”，同“值”。

欲渡黄河冰塞川，將登太行雪滿山。閑來垂釣碧溪上，忽複乘舟夢日邊

詩人遭受了挫折，遇到了迷茫。他想渡過黄河，堅冰却堵塞了河流；準備登上太行山，却又積雪滿山。詩人茫然四顧，不見坦途，不見春光，惟見大河高山，冰天雪地。這是詩人托物寓意，以山川的險阻說明世路的艱難。鮑照在《舞鶴賦》中說：“冰塞長河，雪滿群山”，李白這兩句也是從他那裏化出。

詩人感到寸步難行，有了暫時退隱的打算。他要閑居下來，垂釣在碧溪上，與山水相親，忽然又夢到自己乘船經過太陽邊。

詩人借用了吕尚（姜子牙）垂釣渭水的典故。商朝末年，紂王暴虐無道，姜子牙隱釣於磻溪，後來遇到求賢若渴的周文王，被立爲軍師。最終，他輔周伐紂，成了興周八百年的功臣。白居易在《渭上偶釣》詩中說他是“釣人不釣魚，七十得文王”。李白所說的“垂釣碧溪”，也同吕尚一樣，並不是甘心隱居，而

是時運不濟時暫且退隱江湖。因此，他又借用伊尹的典故，説明自己的期望。傳説伊尹將受命於商湯時，曾夢見自己乘船經過日月之旁。於是，詩人也做起了這樣的夢。

行路難，行路難，多歧路，今安在？長風破浪會有時，直挂雲帆濟滄海。

吕尚、伊尹的人生際遇，固然增加了詩人對未來的信心，但畢竟是夢想，當他的思想回到眼前時，又不免焦慮起來：行路難啊，行路難！前路崎嶇，歧途甚多，我要走的那條現在哪裏？詩人在七言中用了節奏短促、跳躍的短句，完全是急切不安狀態下的内心獨白。“岐”，通“歧”。

李白畢竟是積極入世的。瞻望前程，他堅信目前的困境終將擺脱，總有一天，他要乘長風破萬里浪，揚起雲帆渡過滄海，到達理想的彼岸。詩末，作者又唱起高昂的調子。他似乎擺脱了歧路彷徨的苦悶，引吭高歌，以不可遏止的熱情和執著不渝的追求精神，在人生的道路上奮力前行。

“雲帆”，指航行在大海裏的船隻。因天水相連，船帆好像出没在雲霧之中。“長風破浪”，用南朝宗慤故事。宗慤少時，叔父宗炳問他的志嚮，他回答：“願乘長風破萬里浪。”

這最後一句也有不同的理解。明人朱諫《李詩選註》卷二云：“世路難行如此，惟當乘長風挂雲帆以濟滄海，將悠然遠去，永與世違。”也就是説，詩人一旦建功立業，便當功成身退，乘舟浮海。

評解

元人楊載在《詩法家數》中評論李白的七言古詩説：“如江海之波，一波未平，一波複起；又如兵家之陣，方以爲正，又複爲奇，方以爲奇，忽複是正。出入變化，不可紀極。”《行路難》的感情發展，就體現了這種波瀾層生、變幻無窮的特點，它圍繞着理想和現實的衝突展開，通過瞬息變化的場景，生動地反映了詩人激蕩起伏、複雜變化的内心世界：失望與希望交織，迷茫中有着期待，痛苦中掩藏着熱情，悲吟和嘆息中有着美妙的幻想與豪邁的高歌。

夢游天姥吟留别

海客談瀛洲，烟濤微茫信難求。
越人語天姥，雲霞明滅或可睹。
天姥連天向天横，勢拔五岳掩赤城。
天臺四萬八千丈，對此欲倒東南傾。
我欲因之夢吴越，一夜飛度鏡湖月。
湖月照我影，送我至剡溪。
謝公宿處今尚在，渌水蕩漾清猿啼。
脚著謝公屐，身登青雲梯。
半壁見海日，空中聞天鷄。
千巖萬轉路不定，迷花倚石忽已暝。
熊咆龍吟殷巖泉，慄深林兮驚層巔。
雲青青兮欲雨，水澹澹兮生烟。
列缺霹靂，丘巒崩摧。
洞天石扉，訇然中開。
青冥浩蕩不見底，日月照耀金銀臺。
霓爲衣兮風爲馬，雲之君兮紛紛而來下。
虎鼓瑟兮鸞迴車，仙之人兮列如麻。
忽魂悸以魄動，怳驚起而長嗟。
惟覺時之枕席，失向來之烟霞。
世間行樂亦如此，古來萬事東流水。
别君去兮何時還，且放白鹿青崖間，須行即騎訪名山。
安能摧眉折腰事權貴，使我不得開心顔!

夢游天姥吟留別 詩意圖 范曾 繪

題解

天寶三載春，李白被唐玄宗“賜金放還”，離開長安，他那由布衣而卿相的夢幻從此破滅。去朝以後，他多次在詩文中憶及在朝事，時而以寄君國之思，時而以抒憤懣之情，其中尤以《夢游天姥吟留別》最爲傑出。

李白在東魯寄居了約二十年。天寶五載（746），他南下越中，行前作此詩，嚮東魯的朋友告別。所以這首詩的題目又作《別東魯諸公》。

“夢游”，點明是借夢境來寫，未必真有其夢。“天姥”，是山名，在今浙江嵊縣東，傳説登山的人聽到過仙人天姥的歌唱，因此得名。“吟”，歌行體的一種。“留別”，是指臨行前留詩告別。“夢游天姥吟”與“留別”是詩題的兩個組成部分。這種前半部分歌賦某物，後半部分説明爲何而作的格式，是唐詩中常見的題式，不能將“吟”字連後二字讀。

【句解】

海客談瀛洲，烟濤微茫信難求。越人語天姥，雲霞明滅或可睹

海上來的人，談起東海仙山瀛洲，説它在烟霧波濤中，朦朧縹緲，實在很難尋訪。越地的人説起那裏的天姥山，在雲霞中時隱時現，有時尚可見到。“瀛洲”是一座仙山，傳説東海上共有蓬萊、方丈、瀛洲三座仙山。詩人把它和天姥山並提，這是以虛襯實，使天姥山顯得神秘，近乎仙境。瀛洲雖是人們嚮往、尋求的仙境，但終究沒有人能見到。而越中的天姥山，却是真實存在的，而且如仙境般美好，這裏暗含着詩人對它的嚮往之情。

天姥連天向天横，勢拔五岳掩赤城。天臺四萬八千丈，對此欲倒東南傾

天姥山高聳入雲，連着天際，横嚮天外，山勢高峻超過五岳，更掩蔽了赤城山。與它鄰近的天臺山，高達四萬八千丈，而對着天姥山，就像要嚮東南傾斜拜倒一樣。

詩人用比較和襯托的手法，把天姥山高峻挺拔的樣子寫得淋漓盡致。先是與天相襯，再與其他的山相比。“赤城”，是山名，在今浙江天臺北，因爲山上赤石羅列，遠看好像紅色的城，故得名。“天臺山”，在今浙江天臺縣，與天姥山相對，實際上天臺山要更高一些。天姥山雖是越東靈秀之地，但無論氣勢還

是名氣，都不如五岳，但詩人偏不遵照真實的邏輯，而是極力誇飾。顯然，這是他想象中的天姥山，是他心中奇山峻嶺的幻影。

我欲因之夢吴越，一夜飛度鏡湖月。湖月照我影，送我至剡溪

天姥山是那樣的如仙似幻，氣勢不凡，詩人動了尋游的念頭。他說：根據越人的講述，我在夢中到達了吴越；一夜之間，我飛過月下的鏡湖；月光將我的身影映照在湖中，又把我送到了剡溪。

天清月朗，詩人飄飛在天，從空中下望，衹見湖水明澈，明月輝映，身影飄飄，夢中的詩人不正像一位御風而飛的仙人嗎？這夢游不正是一次仙游嗎？

“鏡湖”又名鑒湖，因波平如鏡，故名，在今浙江省紹興市南。夢游的目標是天姥山，鏡湖衹是路過，所以説是“飛度”。到達剡溪時，也就到了天姥山前。“剡溪”，水名，在今浙江省嵊縣南。

謝公宿處今尚在，渌水蕩漾清猿啼。脚著謝公屐，身登青雲梯

“謝公”，指的是東晋詩人謝靈運。謝喜歡游山，以寫山水詩著稱，浙江的名山他差不多都到過。謝靈運在登天姥山的時候，曾經在剡溪這個地方住宿過，留下了“暝投剡中宿，明登天姥岑”的詩句。“謝公屐”，指的是謝靈運特製的一種登山用的木鞋，鞋底裝有可活動的木齒，上山時去掉前齒，下山時去掉後齒，以便於走山路。

詩人看到，當年謝靈運住過的地方，至今還在，衹見清波蕩漾，不時聽傳來猿猴凄清的長啼。他脚穿着謝靈運發明的木屐，開始登山了。那山道又高又陡，人就像攀登在伸入青雲間的梯子一樣。

半壁見海日，空中聞天鷄。千巖萬轉路不定，迷花倚石忽已暝。熊咆龍吟殷巖泉，慄深林兮驚層巔。雲青青兮欲雨，水澹澹兮生烟

詩人在懸崖半山間見到東海日出，又聽到空中天鷄鳴啼。《述异記》：“東南有桃都山，山有大樹，名曰桃都，枝相去三千里，上有天鷄，日初出照此木，天鷄則鳴，天下之鷄皆隨之而鳴。”在這一片曙色中，詩人已經接近仙境了。

在千迴萬轉的山石之間，道路彎彎曲曲，没有一定的方嚮。詩人迷戀山花，倚石觀賞，忽然發覺天色已晚。從飛度鏡湖到登上天姥山，景物一步步變换，夢境一步步展開，幻想的色彩也一步步加濃。登上山後，詩人看到海日升空，聽到天鷄高唱，本是黎明景色；却又忽覺暮色降臨，晨昏之變，何其倏忽！至於千巖萬轉，道路不定，山花爛漫，則又何其迷離恍惚。

正當詩人沉醉其間時，忽然聽到熊在咆哮，龍在吟嘯，聲音大得可怕，不

但震動巖泉，而且使茂密的森林爲之戰慄，層層山峰也爲之驚懼。這時候，天色也變了，衹見烏雲沉沉低垂，似乎快要落雨，水波蕩漾，湖面騰起雲烟。這樣的場景，讓人驚懼，叫人不安，預示着有什麽事將要發生。

“殷”，盛大，此作動詞，兼有充滿之義。“層巔”，層叠的山峰。“澹澹”，水波淡蕩狀。

列缺霹靂，丘巒崩摧。洞天石扉，訇然中開。青冥浩蕩不見底，日月照耀金銀臺。霓爲衣兮風爲馬，雲之君兮紛紛而來下。虎鼓瑟兮鸞迴車，仙之人兮列如麻

在令人驚悚不已的幽深暮色之中，霎時電光閃閃，雷聲隆隆，山丘峰巒崩裂倒塌。仙人洞府的石門，轟然一聲從中打開。“列缺”，就是閃電。“洞天”，道家稱神仙所居之處。這裏作者連用四個四言短句，節奏參差錯落，鏗鏘有力，把天門打開時的雄偉聲勢，充分地寫了出來。

夢境的高潮是仙人盛會。詩人嚮洞中望去，青天浩蕩深遠，怎麽也望不到底。令人驚奇的是，太陽和月亮交相輝映，一同照耀着神仙居住的金銀臺。雲中的神仙紛紛從天而下，他們穿着彩虹做的衣裳，以風爲馬，飄然而行。那場面真是壯觀啊，衹見老虎彈着琴瑟，鸞鳥拉着車駕，仙人成群列隊，縱横如麻。

“金銀臺”，傳説中神仙居處。“雲之君”，即楚辭中的雲中君、雲神，這裏泛指乘雲而下的神仙。仙山的盛會正是人世間生活的反映。這裏除了有詩人長期漫游經歷過的萬壑千山的印象、古代傳説、屈原詩歌的啓發與影響，也有長安宫廷生活的印迹。

天門打開以前，情景昏暗恍惚，響聲驚天動地；天門打開以後，景象光輝燦爛，壯麗非凡。這樣，前者就對後者起了烘托作用，在詩的氣勢上，形成了一個由低沉到高昂的波瀾，爲神仙的出場渲染了神奇的背景。夢境寫到這裏，達到了最高點，詩人的想象真是天馬行空，無拘無束，使人心往神馳，宛如置身神仙世界。

忽魂悸以魄動，怳驚起而長嗟。惟覺時之枕席，失向來之烟霞。世間行樂亦如此，古來萬事東流水

忽然間，詩人感到心驚魄動，從迷離恍惚中一下子驚醒，神仙世界消失得無影無踪，他不免深深嘆息。“怳”，覺醒貌。“嗟”，嘆。夢幻中的仙境，景色奇美，場面宏大，氣氛濃烈，感情熾熱。但是好夢不長，詩在夢幻的最高點忽然收住，急轉直下，回到現實。仿佛音樂由響徹雲霄的高音，一下子轉入低音，

使聽者心情也隨着沉靜下來。

詩人醒來時衹見到身邊的枕席，此前烟霞繚繞的仙境全已消失，不禁觸景生情，感慨萬分：世上行樂之事也同夢游一樣，是那樣的虛幻；自古以來人間萬事就如同東流之水，一去不返。這一深沉感慨中不知包含着詩人對人生的幾多失意，他似乎已看破紅塵。

別君去兮何時還，且放白鹿青崖間，須行即騎訪名山。安能摧眉折腰事權貴，使我不得開心顏

末段因夢而悟，歸到“留別”，表明絶意仕途、蔑視權貴、追求個性自由的願望。他說：我與諸君作別，不知何時回還？我且放任白鹿行走於青崖之間，從容騎着它去訪尋名山；我怎能低眉彎腰去侍奉權貴，使我不得開心歡顏！

“白鹿”，傳説中神仙所騎的神獸。“折腰”，語出自東晋陶淵明，他說“豈能爲五斗米，折腰嚮鄉里小兒”，於是辭去官職，歸嚮田園。李白此詩最後兩句，似乎來得很突然。這是有緣由的。詩人在長安衹是被當作侍應文人，參與朝政的壯志始終難酬，因而抑鬱不平，加之桀驁不馴的性格，招致權貴們對他不斷地攻擊和排擠，故在詩中吐發憤懣之情。

評解

詩題中已點明“夢游天姥”之意，但天姥山實際上衹不過是小山一座，詩人爲什麼要把它寫得那樣高，高過五岳，甚至與天相接，橫跨天宇？固然，這是詩人的幻想和誇張，但詩人借夢游而誇張其辭，其目的何在？詩題中又有“留別”二字，却並無抒寫離懷之意，倒是用十分之八九的篇幅去寫恍惚迷離的夢境，這又是爲什麼呢？

著《唐詩解》的明人唐汝詢說：“將之天姥，托言夢游以見世事皆虛幻也。”也有人認爲，此詩是留別述情，借述夢而意欲訪道求仙，追求光明的世界，並以夢中的仙境爲自由、快樂的象徵。但詩中夢游一段分明有許多可驚可怖的景象。它開始使人無限神往，初登山時也令人心曠神怡，及至山中時就不完全是賞心樂事了，甚至使人感到陰森恐怖。有人以爲，這是在對光明的追求中，伴隨着的焦躁與不安，是詩人在訪仙求道中被暫時壓抑下的悲憤在夢中的反彈。

清代詩人陳沆的解釋獨出一轍，他說：“太白被放以後，回首蓬萊宮殿，有若夢游，故托天姥以寄意……題曰‘留別’，蓋寄去國離都之思，非徒酬贈握手

之什。”

由此理解，或可釋疑。李白在長安的經歷，他自己在《留别廣陵諸公》一詩中稱之爲“攀龍忽墮天”。因事干朝政，語涉禁忌，他不能直書其事，因此不能不借助比興以言志。詩人借天姥象徵朝廷，借夢游象徵在長安的經歷。入朝從政是他一生的夢想，然而一旦置身朝中，他既有所幻想，又頗感迷惑與失望，乃至悚然可怖。等到離開長安，恍然如夢驚醒。故嗟嘆不已，既感慨惋惜，又覺無可奈何，衹好自我排遣。由此看來，“留别”一詞既有“留贈”之意，也有對長安“痛苦的留戀和凛然地作别”之意。

這首詩是七言古詩，在舊體詩中是比較少受格律約束的一種。李白很善於寫七言古詩，大概是由於此詩體流暢自然的特點，更適合於表現他豪邁奔放的思想感情。奇譎的想象力、高度的誇張和對比手法，是此詩主要的藝術特色。句法的變化也極富創造性。全詩以七言爲主，雜以四言、五言、六言、九言，並參用騷體和辭賦，既靈活多變，又渾然一體，爲一條感情發展的脉絡所貫穿，隨着感情的起落，詩句有長有短，節拍有急有緩，“雖千變萬化，如珠之走盤，自不越乎法度之外”。

聞王昌齡左遷龍標遥有此寄

楊花落盡子規啼，
聞道龍標過五溪。
我寄愁心與明月，
隨君直到夜郎西。

題解

比起李白許多衆口流傳的詩歌來説，這首七言絶句的題目就顯得比較陌生了。古人以右爲尊，故稱貶官爲左遷。“龍標”，今湖南省黔陽縣。

王昌齡是盛唐詩壇著名詩人，當時即名重一時，但流傳下來的個人資料很少。王的詩多是易於入樂的七絶，對此用力最深，成就最高，後代稱爲“七絶聖手”。他曾被貶謫嶺南，途經湖南岳陽時，作《巴陵送李十二》贈李白。後來，王昌齡又被貶爲龍標縣尉。《唐才子傳》説他“晚途不矜小節，謗議沸騰，兩竄遐荒”，《新唐書・文藝傳》説他是“不護細行”，也就是説，他的得罪貶官，是由於生活小節不够檢點。李白在聽到王被貶龍標後，寫了這首詩遠道寄給他，對他寄予深切的同情。

聞王昌齡左遷龍標遥有此寄 詩意圖 孫文鐸 繪

【句解】

楊花落盡子規啼

楊花落盡了，子規鳥兒不住地在哀啼。楊花，歷來就給人一種飄忽不定的感覺。子規，就是杜鵑鳥。杜鵑鳥一般出現在暮春時節，常常夜啼，其聲被形容爲“不如歸去”。在傳統詩文中，杜鵑鳥是鄉愁的象徵。另外，據神話傳説，古代蜀國望帝杜宇，因皇位遭到篡奪，被迫逃往西山，他思圖複位，但未得成功，最後鬱鬱寡歡走完人生終點。傳説其冤魂化爲杜鵑，夜夜悲鳴。杜鵑口赤，帶紅色。在古代詩文中，有杜鵑啼血之説，説是因哀傷過度，常常啼到血流不止。不管是有冤屈、或是哀怨、或是有家歸不得的鄉愁，杜鵑都寓托着一種悲情感人的意象。

由此看來，首句不僅寫景，點明時令，而且景中寓情。在暮春無數明媚的景致中，詩人單獨挑選漂泊無定的楊花和泣血悲鳴的子規，是有深意的，其飄零之感、流離之恨，躍然紙上，令人悲從中來。因此，詩人並不單純是描寫當時眼見之景和耳聽之聲，而是“先言它物以引起所詠之詞”。

聞道龍標過五溪

詩人接着直叙其事：聽説你遭貶了，被貶到龍標，一路上要經過辰溪、西溪、巫溪、武溪和沅溪。“聞道”，點出了詩人對王被貶的驚惜之情。“五溪”，均在湖南省西部，當時被視爲荒山惡水。而龍標還在五溪之外，足見遷謫之荒遠，路途之艱難孤苦。這一句不着悲痛之語，而悲痛之意自見。

我寄愁心與明月

朋友被貶遠走，自己無能爲力，祇有將一腔同情與憂愁之心，托付給天上的明月。詩人撇開同情王昌齡去龍標的思路，掉轉筆鋒寫自己的愁緒。明月歷來是文人筆下懷遠思親的象徵。人隔兩地，難以相從，而月照中天，千里可共，因此詩人寄情明月，賦之以人情美。同時表明自己心中充滿愁悵與憂思，但無處相訴，惟明月可鑒。

隨君直到夜郎西

詩人寄心明月，希望伴隨着友人一直到夜郎以西。唐有二“夜郎”，一在今貴州桐梓縣一帶，一在今湖南境内。這裏泛指湖南西部和貴州一帶地區。這一句也作“隨風直到夜郎西”。“風”“君”二字，各具其妙。“隨風”，千里吹度，情致頗爲悠遠；“隨君”，意謂愁心像一片月光，悄然地照臨着友人，情意纏綿而深摯。何者是詩的本字，殊難判定，但不論用哪個字，都一樣真切動人。

評解

本詩首句起興，第二句叙事，最後兩句寫情。詩人通過豐富的想象，給予抽象的“愁心”以物的屬性，同時將無知無情的月人格化，這是詩歌創作中常用的一種藝術手法。如曹植《七哀》“願爲西南風，長逝入君懷”，齊澣《長門怨》“將心托明月，流影入君懷”。李白可能融用其意。

我們不知道李白的這首詩是否寄到，但從王昌齡的一些詩作中窺見了一點消息。王在《夜宴龍標》中寫道：“沅溪夏晚足涼風，春酒相携就竹叢。莫道弦歌愁遠謫，青山明月不曾空。”在《送柴侍御》中，他寫道：“沅水通波接武岡，送君不覺有離傷。青山一道同雲雨，明月何曾是兩鄉。”看來，在明月清風中，王昌齡終究得到一些精神上的慰藉。

答王十二寒夜獨酌有懷

昨夜吴中雪，子猷佳興發。
萬里浮雲捲碧山，青天中道流孤月。
孤月滄浪河漢清，北斗錯落長庚明。
懷余對酒夜霜白，玉床金井冰峥嶸。
人生飄忽百年内，且須酣暢萬古情。
君不能狸膏金距學鬥鷄，坐令鼻息吹虹霓。
君不能學哥舒，横行青海夜帶刀，西屠石堡取紫袍。
吟詩作賦北窗裏，萬言不直一杯水。
世人聞此皆掉頭，有如東風射馬耳。
魚目亦笑我，謂與明月同。
驊騮拳跼不能食，蹇驢得志鳴春風。
折楊黄華合流俗，晋君聽琴枉清角。
巴人誰肯和陽春，楚地猶來賤奇璞。
黄金散盡交不成，白首爲儒身被輕。
一談一笑失顔色，蒼蠅貝錦喧謗聲。
曾參豈是殺人者，讒言三及慈母驚。
與君論心握君手，榮辱於余亦何有?
孔聖猶聞傷鳳麟，董龍更是何鷄狗!
一生傲岸苦不諧，恩疏媒勞志多乖。
嚴陵高揖漢天子，何必長劍拄頤事玉階。
達亦不足貴，窮亦不足悲。
韓信羞將絳灌比，禰衡耻逐屠沽兒。
君不見李北海，英風豪氣今何在!
君不見裴尚書，土墳三尺蒿棘居!
少年早欲五湖去，見此彌將鐘鼎疏。

答王十二寒夜獨酌有懷 詩意圖 高民生 繪

題解

此詩大約作於唐玄宗天寶八、九載。此時，李白被迫離開長安已經五年。初出長安時，詩人雖有不平之鳴，在其後來詩歌中也時時表露出棄世遠遁之心，但他仍然心繫朝廷，憂念時局。

這首七言古詩，題意是說王十二寄來《寒夜獨酌有懷》詩，今以此作答。王十二，生平不詳，十二爲排行。詩中反映了安史之亂動蕩前夕，唐王朝賢愚顛倒、遠賢親佞的黑暗現實，以及志士仁人的憤懣不遇之情，在其佯狂放誕的歌詠背後隱藏着深沉的時代悲感。此詩可謂李白作品中最具代表性的政治抒情詩之一。

【句解】

昨夜吴中雪，子猷佳興發。萬里浮雲捲碧山，青天中道流孤月。孤月滄浪河漢清，北斗錯落長庚明。懷余對酒夜霜白，玉床金井冰峥嶸

昨夜吴中一帶下起了大雪，子猷佳興大發。詩一開始，李白便借用典故，描寫王十二寒夜獨酌、懷念自己的情景。子猷，即晉朝的王徽之。《世説新語・任誕》："王子猷居山陰，夜大雪，眠覺開室，命酌酒，四望皎然，因起彷徨，詠左思《招隱詩》，忽憶戴安道，即便夜乘小船就之。經宿方至，造門不前而返。人問其故，王曰：'吾本乘興而行，興盡而返，何必見戴？'"王十二與王子猷同姓，同在雪夜懷友，情境相似。戴安道與王子猷都是當時的名士，用這個典故，也有表明詩人自己與王十二品格高潔的意思。

接下來是六句景語。本來天空佈滿了浮雲，但後來萬里浮雲席捲過碧山，衹見湛湛青天上，一輪孤月在中天緩緩移動。月色清冷，銀河清澈，北斗七星參差錯落，太白星分外明亮，給人夜涼如水之感。皎皎月光下，滿地夜霜，一片晶瑩明净；井和井欄如金似玉，四週的冰也嶙峋奇突，寒氣凛冽。就在這幽峭高曠、冰清玉潔的環境中，王十二對酒懷人欣然賦詩。

這是詩人設想王十二懷念自己的情景。佳境佳興，景真情真，好像王十二就出現在面前。"中道"：指孤月潛移，已至中天。"流"，狀月之移，如物之隨水浮動。"滄浪"，寒冷，清凉。"長庚"，即太白金星。"床"，井邊的欄杆。

人生飄忽百年内，且須酣暢萬古情

正是在這不容半點污垢的環境裏，詩人頓起感慨：人生有限，不過是飄忽百年，你我暫且暢飲眼前之酒，來排遣那萬古之愁吧。這兩句是上下文的過渡。上文曠遠明凈的景色，正與下文喧嚷污穢的現實形成鮮明對照。

君不能狸膏金距學鬥鷄，坐令鼻息吹虹霓。君不能學哥舒，横行青海夜帶刀，西屠石堡取紫袍。吟詩作賦北窗裏，萬言不直一杯水。世人聞此皆掉頭，有如東風射馬耳

“君”，既是指王十二，也是自指。“狸膏”，狐狸油。因爲狐狸能捕鷄，鬥鷄時以狐狸油塗在鷄頭上，令對方的鷄聞到氣味就畏懼後退。“金距”，套在鷄爪上的金屬芒刺，使鷄爪更鋒利。“坐”，因此。

玄宗好鬥鷄，王準、賈昌都以鬥鷄術獲得寵幸，顯赫一時。詩人説：那些受寵得勢的鬥鷄徒，鼻子出一出氣就能吹動虹霓，驕奢的氣焰真是直上雲霄啊，但你我都不能以鬥鷄術取悦皇帝；也不能像哥舒翰那様夜晚帶刀駐守青海，靠攻破石堡城取得高官。

“哥舒”，指哥舒翰。據《舊唐書》，王忠嗣不願以數萬人之命易一官，而“幾陷極刑”，罷官後，爲哥舒翰所代。天寶八載（749），哥舒翰不惜傷亡慘重，攻克吐蕃石堡城，以功封特進鴻臚員外郎攝御史大夫。“紫袍”，唐三品以上官員服紫袍。

雖云“不能”，實“不願”“不屑”也。詩人疾筆如槍，直指無才無德、諂佞媚上的鬥鷄之徒，或是邀功取賞、迎合玄宗好大喜功心理的悍勇之將，兩種人物得勢並非偶然，正是“上有所好”的結果。前者趾高氣揚，後者不恤士卒，而皆權勢傾天，炙手可熱，透露出時代的病態和潛在危機。

接下來四句，轉寫才人志士的悲憤落寞。俯首北窗，吟詩作賦，洋洋萬言竟然不值一杯水。世人對於他們的才華不屑一顧，有如飄風過耳一般毫不在意。“東風射馬耳”，馬聳着耳朵，風吹不進，比喻聽不入耳。這可能是當時的習語。“射”，吹的意思。

既不願迎合時俗，又不能接濟天下，世人更是不屑一顧，詩人衹有空負了錦繡文章、詩賦才華。當權者氣焰衝天，有才者失志落寞，一冷一暖，一榮一辱，對比之中，當可見到詩人悲憤交集之心情。此明爲王十二鳴不平，實亦鳴己之不平，爲全詩主旨所在。

魚目亦笑我，謂與明月同。驊騮拳跼不能食，蹇驢得志鳴春風。折楊黃華合流俗，晋君聽琴枉清角。巴人誰肯和陽春，楚地猶來賤奇璞

詩人連用數對比喻，筆鋒直指賢愚顛倒、是非不分的社會現實。你看，那些魚目一般的庸才也譏笑於我，又恬不知耻地自詡和稀世明珠等同；駿馬有志，不得舒展，跛驢却在春風中得意地鳴叫。庸人魚目混珠，揚揚自得；賢才無人欣賞，不得其用。兩相對照，效果分外鮮明。

“明月”，珍珠名。“驊騮”，良馬，比喻賢人。“蹇驢”，跛驢，比喻小人。“拳跼”，曲而不伸之意。“璞”，包着玉的石頭，此用以比喻被埋没的人才。

接着，詩人指出造成賢愚顛倒的原因是統治者無德無識。寫他們目不明，用了和氏璧的典故；寫他們耳不聰，用了曲高和寡的典故。他説：《折楊》《黃華》這種流行的曲調頗能符合俚俗之人的口味，才德淺薄的晋君不配聽《清角》這樣蒼凉悲壯的樂調；能唱《下里巴人》曲子的凡俗之人，誰能唱和高雅的《陽春白雪》曲呢？何况楚國人嚮來不懂得識别稀世的璞玉。

“折楊”二句謂曲高和寡，賢能之士不被任用。“折楊”“黃華”，都是古代流行的通俗樂曲。“清角”，是古代的悲壯樂調，據説衹能演奏給有才德的人聽。據《韓非子·十過》記載，晋平公德薄，却强迫音樂家師曠爲他演奏，結果風雨大作，裂帷破幕，屋瓦飛散。平公受驚得病，晋國也大旱三年。“巴人”，即《下里巴人》，古代一種比較通俗的曲調。“陽春”，即《陽春白雪》，古代一種比較高雅的曲調。前者通俗，能唱之者多；後者調高，能和之者少。這裏借指自己才德很高，知音却少。接下來用楚人卞和獻玉的故事指責玄宗不能鑒識人才。據《韓非子·和氏》，楚人和氏得玉璞於楚山中，獻給楚厲王，後又獻給楚武王。二人皆不識良玉，反誣和氏欺誑，分别砍去了他的左右兩足。楚文王即位之後，始命玉工開鑿璞玉，發現其中的寶玉乃稀世珍寶，於是名爲“和氏璧”。“猶來”，即從來，由來。

黃金散盡交不成，白首爲儒身被輕。一談一笑失顔色，蒼蠅貝錦喧謗聲。曾參豈是殺人者，讒言三及慈母驚

我一嚮輕財好施，最後衹落得千金散盡，知交零落，臨老也衹是一個遭人輕視的讀書人。談笑之間，稍有不慎，就會被蒼蠅一般齷齪的小人羅織罪名，巧言誹謗。曾參怎麽會去殺人呢？可他的母親聽到别人三進讒言就已經大驚失色，産生懷疑。

這是詩人抒寫遭人讒毁的悲憤。《詩·小雅·青蠅》：“營營青蠅，止於樊，

豈弟君子，無信讒言。”蒼蠅污穢，變白爲黑，比喻讒人顛倒是非。“貝錦”，有花紋的貝殼，比喻花言巧語。《詩經・小雅・巷伯》：“萋兮斐兮，成是貝錦。彼譖人者，亦已太甚。”此謂詩人動輒得咎，謗聲四起。人言可畏，小人的饞譭，使信任自己的人也發生動摇。曾參，春秋時魯國人，孔子的門徒。曾參在鄭國時，有與曾子同名姓者而殺人，别人告訴他的母親，他的母親正在織布，不相信自己的兒子會殺人，安坐不動，神態自若地織布；但接着又有兩個人告訴她同樣的消息，其母疑懼，投杼下機，逾墻逃走。

然而，就在詩人身受挫折之時，仍舊保持了相當的自信和傲岸之氣，對於自己的才華深信不疑；對於庸才，嬉笑怒駡；對於統治者，一針見血，直斥其弊。

與君論心握君手，榮辱於余亦有？孔聖猶聞傷鳳麟，董龍更是何鷄狗！一生傲岸苦不諧，恩疏媒勞志多乖

自此至詩篇結尾，慨言榮辱窮達，皆不足論道。詩人説：握着你的手啊和你推心置腹，榮辱之事對於我來説又算得了什麽呢？孔子尚且爲鳳鳥不至、麒麟被獲而傷感嘆息，那董龍之類的鷄鳴狗盗又算是什麽東西！你我爲人傲岸不同流俗，君主恩情漸疏，引薦之人也徒費苦心，我們心中的志嚮大多不能實現。

“孔聖”，指孔丘。古人認爲鳳凰和麒麟是祥瑞之物，太平時才出現。孔子曾爲鳳鳥不至而哀嘆，又爲麒麟被獲而悲傷，以爲自己生逢亂世，政治理想無法實現。孔聖人尚且如此，何况自己呢？

詩意至此，忽又跳宕轉折，由强自寬解轉爲憤激不平，不禁大聲怒斥如董龍之輩的奸邪小人。“董龍”，北朝秦主苻生寵臣董榮，小字龍。據《晋書・苻生傳》，宰相王墮性情剛毅，對董榮疾之如仇，上朝之時，不屑搭理他。有人勸其敷衍一下，他説：“董龍是何鷄狗？而令國士與之言乎！”最後王墮被董龍殘殺。此處是以董龍暗指玄宗所寵幸的近臣。

繼而，詩人又慨嘆自己性情傲岸，卓爾不群，以至多逢遭不幸，坎坷終身。“不諧”，指不能隨俗。“乖”，違反，指事與願違。

嚴陵高揖漢天子，何必長劍拄頤事玉階。達亦不足貴，窮亦不足悲。韓信羞將絳灌比，禰衡耻逐屠沽兒

東漢的隱士嚴陵見了光武帝衹是長揖而不行君臣下拜之禮，我們又何必佩帶長劍，在宫廷中侍奉皇帝呢？仕途顯達不足珍視，仕途潦倒也不必悲傷。當年韓信羞與絳侯周勃、潁陰侯灌嬰等列，禰衡更耻於和屠宰賣酒者爲伍。

嚴陵，即東漢隱士嚴光，字子陵，曾與光武帝劉秀同學。劉秀做皇帝後，嚴光隱居。帝親訪之，嚴不受其命，始終以朋友之禮相待。“長劍拄頤”，佩劍長可觸及面頰。“事玉階”，在皇宮的玉階下侍候皇帝。韓信，漢初大將，開國功臣。楚漢戰爭期間，曾被封爲齊王。漢王朝建立後，改封楚王，後降爲淮陰侯。《史記·淮陰侯列傳》載，韓信降爲淮陰侯後，常稱病不朝，羞與絳侯周勃、潁陰侯灌嬰等列。禰衡，漢末辭賦家。《後漢書·禰衡傳》載，禰衡少有才辯，而氣尚剛毅，矯時慢物。他來到許都，有人問他與陳長文、司馬伯達有無來往。他回答説：“吾焉能從屠沽兒耶！”“屠沽兒”，以屠宰和賣酒爲業者，古代士大夫階層以其爲賤業，故輕視之。

這裏，詩人自比嚴陵、韓信、禰衡等才志之士，重申不願與群醜同列。其情如長江大河，自由奔瀉，有浪濤奔涌之美。

君不見李北海，英風豪氣今何在！君不見裴尚書，土墳三尺蒿棘居！少年早欲五湖去，見此彌將鐘鼎疏

你不見北海太守李邕，他的英雄風姿如今何在？你不見尚書裴敦複，他的墳墓上已經長滿了荊棘蒿草！

李北海，即李邕。裴尚書，即裴敦複，唐玄宗時任刑部尚書。李、裴皆當時才俊之士，天寶六載（747），二人遭奸相李林甫的嫉恨，被捏造罪名，慘遭杖死，天下冤之。由此可見朝政之黑暗，時局之混亂。詩人把他們的遭遇作爲賢愚顛倒、是非混淆的例證提出來，這種襟懷磊落、放言無忌的精神，給詩歌披上了一層奪目的光彩。

詩人似乎要决意浪迹江湖，遠離這豺狼當道、魑魅搏人的現實。他説：我少年時就想效倣范蠡，泛舟五湖，如今見此情境更要棄絶那鐘鳴鼎食的富貴生活。“五湖”，太湖及其週圍的四個湖。“五湖去”，是借春秋時越國大夫范蠡功成身退，隱居五湖的故事，説明自己自少年時代就有隱居之志。“彌”，更加。“鐘鼎”，鳴鐘列鼎而食，形容貴族人家的排場，這裏代指富貴。

詩人早年曾經説過，“事君之道成，榮親之義畢，然後與陶朱、留侯，浮五湖，戲滄洲。”但他的歸隱有一個前提，就是須待“事君之道成，榮親之義畢”。現在，既然還没能做出一番轟轟烈烈的事業來，當然也就不會真的去歸隱。所謂“泛五湖”“疏鐘鼎”，衹不過是他發泄牢騷和不滿的憤激之詞。

評解

這篇長達五十一句的傑出之作，以議論式的獨白爲主，重在揭示內心世界，刻畫詩人的自我形象，具有鮮明的個性特點。此詩已不見李白其他詩作中那種神游物外、飄逸瀟灑的神采，而是充滿了傲岸心靈在現實中吶喊掙扎的痛苦憤懣之情。同時，由於詩人對生活觀察的深刻和特有的敏感，使這首詩反映了安史之亂大動蕩前夕，李唐王朝政治上賢愚顛倒、遠賢親佞的黑暗現實。全詩體式自由，用五七言歌行，句式參差錯落，雜以大量典故和生動比喻，使議論以形象出之。從頭至尾，激情噴涌，行文如挾海上風滔，具有排山倒海的氣勢，讀之使人心潮難平。

宣州謝朓樓餞别校書叔雲

棄我去者，
昨日之日不可留。
亂我心者，
今日之日多煩憂。
長風萬里送秋雁，
對此可以酣高樓。
蓬萊文章建安骨，
中間小謝又清發。
俱懷逸興壯思飛，
欲上青天攬明月。
抽刀斷水水更流，
舉杯銷愁愁更愁。
人生在世不稱意，
明朝散髮弄扁舟。

宣州謝眺樓餞別校書叔雲 詩意圖 徐震時 繪

題解

大約是天寶十二載（753）的秋天，李白客居宣州不久，他的一位故人李雲行至此，李白陪他登樓，設宴送行，作此詩。宣州，州治在今安徽宣城市，屬皖南地區。這裏有一處古迹，稱謝朓樓，又稱北樓、謝公樓，是南齊詩人謝朓任宣城太守時所建。李白曾多次登臨，並寫過一首《秋登宣城謝朓北樓》。李白要送行的李雲，是當時著名的古文家，任秘書省校書郎，負責校仇圖書。李白稱他爲叔，但並非族親關係。李雲又名李華，天寶十一載任監察御史。據考證，這首詩的題目又作《陪侍御叔華登樓歌》。

【句解】

棄我去者，昨日之日不可留。亂我心者，今日之日多煩憂

詩人與在朝中任職的故人相見，少不了談談個人往事與近況，議論一下時政。此時的他，騷動不安的心緒一觸即發，發而不可抑止。因此，詩一開頭就平地突起波瀾，宣泄鬱積已久的强烈精神苦悶：棄我而去的昨天呵，已不可挽留；擾亂我心的今天呵，太多煩憂。

李白自從天寶三載（744）離開唐玄宗後，又開始了漫游生活，直到天寶十四載（755）安史之亂爆發。他游歷山水，結交人物，求仙訪道，縱情詩酒，過着看上去很閑適的生活，其實内心是很苦悶的，因爲他在政治上找不到出路。現在，李白的理想和性格依舊，但已年過半百。他看到了唐朝的危機，“君失臣兮龍爲魚，權歸臣兮鼠變虎”，皇帝重用的人，正是後來歷史上所説的一些奸臣。安史之亂正在醖釀中。因此，棄詩人而去的，不僅是過去的歲月，也包括曾經的得意生活，還有欣欣嚮榮、帶給人們無限希望的開元盛世那樣的局面。同樣，讓詩人煩憂的，不僅是當前個人狀態，還指漸趨衰亂、暗伏危機的時局。詩人既感到“功業莫從就，歲光屢奔迫”，又覺得懷才不遇，報國無門，還表示了對現實的不滿與擔憂。

我們還應理解，像李白這樣的天才詩人，内心應該是極其複雜的。他是詩人，是游俠，是酒仙，一會兒想做策士，一會兒又想當隱士。龔自珍曾説：“儒、俠、仙實三，不可以合，合之以爲氣，又自白始也。”

長風萬里送秋雁，對此可以酣高樓

李白與朋友撫今思昔，不勝感慨，然而很多話也祇是點到爲止，牢騷苦悶也不可能没完没了，所以詩人筆鋒一轉，就眼前景説眼前事。他憑風而立，祇見天高地遠，浩浩長風，不遠萬里，送秋雁南飛。心胸不由開闊了許多，不由激起一醉方休的興致。於是説道：面對這樣的景致，我們正可以在高樓上開懷暢飲。

這兩句從極端苦悶轉到開朗壯闊、自由馳騁的境界，使人感到一種心、境契合的舒暢。

蓬萊文章建安骨，中間小謝又清發

李白和李雲，一個是詩壇巨星，一個是文章大家，兩人飲酒談心，免不了談詩論文。他們談到漢代文章，評論建安風骨，中間還稱道謝朓，説他的詩清新自然。

“蓬萊”是海中仙山，傳説仙府典籍秘録均藏於此。東漢中央校書處東觀藏書極多，當時學者稱東觀爲道家蓬萊山。這裏是用“蓬萊文章”代指漢代的文章。“建安”，東漢末獻帝的年號。當時曹操三父子和孔融、王粲等“七子”，在詩歌創作上開創了一個相當繁榮的局面，後世稱爲“建安時期”。其詩歌具有悲歌慷慨和剛健清新的特點，後世稱爲“建安風骨”。小謝，即謝朓。謝朓（464–499）和謝靈運（385–433）同族，都以山水詩見長，世稱“二謝”，唐代時稱謝靈運爲大謝，謝朓爲小謝。

有人認爲，這兩句詩是李白借以自許，如唐汝詢《唐詩解》説：“子（李雲）校書蓬萊宫，文有建安骨；我（李白）若小謝，亦清發多奇。”

李白主張詩要自然天成，説：“清水出芙蓉，天然去雕飾。”對六朝文學，他批評道：“自從建安來，綺麗不足珍。”他反對的是那種綺麗浮艷的文風，對一些詩人還是比較推重的，尤其是謝朓。謝朓的詩清新雋永，遣詞自然，音韻和諧，如李白所説，具有“清發”的特點，也就是清新秀發；秀發就是草木欣欣嚮榮的樣子。杜甫説“謝朓每詩篇堪誦”，一些名句如：“大江流日夜，客心悲未央”；“餘霞散成綺，澄江静如練”；“天際識歸舟，雲中辨江樹”；“朔風吹飛雨，蕭條江上來”；“魚戲新荷動，鳥散餘花落”；等等。謝朓在當世就享有盛名，蕭衍説：“三日不讀謝詩，便覺口臭。”謝朓曾出任宣城太守，其流傳至今的詩歌，大多是宣城時期流傳下來的，所以後人又稱謝朓爲“謝宣城”。李白在宣城期間，經常游賞謝朓舊迹，並揮毫抒懷，如“誰念北樓上，臨風懷謝公”，“我吟謝朓詩上語，朔風颯颯吹飛雨”，等等。李白詩中引用、點化其詩多達十餘處。所以清人王士禛在《論詩絶句》中說，李白“一生低首謝宣城”。

俱懷逸興壯思飛，欲上青天攬明月

李白臨風把酒，縱論古今，酒酣興發，飄然欲飛。他說：我們都滿懷豪情逸興，雄心飛揚，直想飛上青天，去摘下那一輪明月。

面對的是秋空晴晝，想到的却是登天攬月，足見其豪放飄逸之情。“攬”，極度誇張而又顯得輕巧自如。不知詩人上天攬月是否有所寄托，但青天、明月給人的感覺無疑是明净、皎潔的，不應有黑暗與污濁；是廣闊無邊、自由自在的，不應有喧囂與紛擾，因此，可以見出詩人對朗朗乾坤、對理想自由境界的嚮往追求。

抽刀斷水水更流，舉杯銷愁愁更愁

詩人剛才還忘乎所以，現實中的污濁仿佛一掃而光，心頭的煩憂也都抛嚮九霄雲外。然而，當這種昂揚情緒達到最高潮後，詩人仿佛一下子從天上掉到地上，從翹首仰望變成低眉垂眼，情緒一落千丈。他盡可以在幻想中遨游馳騁，但又怎能擺脱現實的紛擾。理想與現實的矛盾，使他的精神如此苦悶。他想要排遣，却怎麽都難以解脱。就像抽刀去斬流水，水不但没有被斬斷，反而流得更急；想要舉杯喝酒，一醉解千愁，但衹是激起更多的憂愁。

這兩句不僅自然生動，具有生活氣息，而且富於哲學的思辨意味。

人生在世不稱意，明朝散髮弄扁舟

此時，詩人不再意氣高揚，話語滔滔，他似乎陷入沉默與思考，發出了長長的嘆息：人生在世，是這樣的不稱心如意，不如明天就披散了頭髮，乘一葉小舟去泛游江湖。李白一心要“濟蒼生”，“安社稷”，他所最“不稱意”的，乃是報國無門，壯志難酬。

古時男子束髮，讀書人還要戴一種專用帽子，稱爲“頭巾”。“散髮”，就是披散頭髮，表示閑適自在，意指不想做官而去過隱逸生活。找不到出路，就寄情山水，尋求精神解脱，這是古代知識分子失意時最常見的想法和做法。不過，李白並非真的要無所作爲。他晚年流放歸來，在六十一歲時仍壯心不已，請纓殺敵，衹是因病而半道返回。因此，這兩句實爲無奈憂憤之語。

評解

宋人評論李白和杜甫的詩說：“杜詩思苦而語奇，李詩思疾而語豪。”這首詩幾乎每一句都是流傳千古的名句。詩歌的跳躍性也是極强的，往往一波未平，一波又起，在開闔動蕩中坦露變幻無常的感情活動。貫穿在這些飛躍之中的，不是生活的邏輯，而是情感的踪迹。詩雖極寫煩憂苦悶，却並不陰鬱低沉。祇有像李白那樣，既有闊大的胸襟抱負、豪放坦率的性格，又有高度駕馭語言的能力，才能達到豪放與自然和諧統一的境界。

獨坐敬亭山

衆鳥高飛盡，
孤雲獨去閑。
相看兩不厭，
衹有敬亭山。

題解

天寶十二載（753），李白南下宣城。行前，有詩《寄從弟宣州長史昭》，其中説道：“爾佐宣城郡，守官清且閑。常誇雲月好，邀我敬亭山。”

自十年前放還出翰林，李白長期漂泊，因懷才不遇一直抑鬱不平。身心的疲憊，需要得到慰藉。在宣城期間，他寄情山水，寫下了很多詩篇，《獨坐敬亭山》即是其一。

敬亭山在宣州（今安徽宣城）境内，宣州是六朝以來的江南名郡。南朝著名詩人，人稱“小謝”的謝朓在這裏當過太守，他是李白心儀的詩人。宣城東北有秀麗的敬亭山，風景幽静秀麗；山上舊有敬亭，爲謝朓吟詠處。

獨坐敬亭山 詩意圖 陳悳冠 繪

【句解】

衆鳥高飛盡，孤雲獨去閑

衆多的鳥兒都已高飛遠去，不見踪影。僅有的一片孤雲，也獨自悠閑離去。“衆鳥”，是概括無遺的説法，加上一個“盡”字，意即所有的鳥都各有其去處，惟獨詩人自己，祇能望空興嘆。“衆鳥”是凡俗之物，去便去吧。“孤雲”，常與隱士爲伴，本是漂泊無定之物，與詩人飄蓬般的身世有些相似，然而，正當詩人要注目寄情於它的時候，它竟也飄然而去。這兩句表面上是寫眼前見到的景色，其實是詩人借以表達自己的主觀心境，襯托自己的孤獨。鳥雀的鳴叫聲消失之後，敬亭山中更顯安静；孤雲從天空中遠去之後，敬亭山上更顯清幽。天地間似乎一空如洗，祇剩下寂然獨坐的詩人。

李白《春日獨酌》“其一”有句曰：“孤雲還空山，衆鳥各已歸。彼物皆有托，吾生獨無依。”“其二”有句曰：“長空去鳥没，落日孤雲還。但恐光景晚，宿昔成秋顔。”正可視爲《獨坐敬亭山》前兩句的註脚。這種心境，大概是因歲月蹉跎、志嚮無成，一身無所依歸造成的。

相看兩不厭，祇有敬亭山

偌大的天地間，詩人果真孤獨無相親嗎？不！在彼此的注視中，怎麼看也看不够的，祇有他和敬亭山。

詩人久久獨坐，凝視着山，山也仿佛注視着人，不必説什麼，祇覺感情投契，心意相知。中國古代文人在不得意時，往往寄情山水，尋求心理慰藉。尋常人也有這樣的體會，投入自然常能令人愉悦，尤其是身心疲憊時。

面對現實，詩人落落寡歡，備感孤寂。面對敬亭山，他暫時遠離塵世，忘懷得失。他的内心得到了片刻寧静，不再痛苦，不再躁動，精神似乎已有歸依。詩人没有對眼前風景作任何具體描寫，因爲他的本意仍在表現自己的心境，在抒情。他所抒發的，是在自然中得到慰藉、在孤獨中尋到知己的心情。

嚮大自然尋找慰藉，雖然能得到暫時的寧静，但是一旦回到塵世呢？從“祇有”二字，我們似乎感覺到詩人的言外之意，也更加領會到他内心的深深孤獨。

評解

誦讀全詩，“静”是全詩的血脉。這首平淡恬静的詩之所以如此動人，就在於詩人的思想感情與自然景物高度融合，從而創造出一種“寂静”的境界，無怪乎沈德潛在《唐詩別裁》中要誇這首詩是“傳‘獨坐’之神”了。

秋浦歌

白髮三千丈，
緣愁似個長。
不知明鏡裏，
何處得秋霜。

題解

秋浦在今安徽省貴池縣西，大約在天寶十二載（公元753），李白漫游來至此。逗留期間，他以《秋浦歌》爲名，寫了一組五言詩，共有十七首。這裏選的是其中的第十五首。詩人用極其誇張的手法，寫自己内心深長的愁緒。

秋浦歌 詩意圖 汪國新 繪

【句解】

白髮三千丈，緣愁似個長

詩人對鏡，乍見增添了許多白髮，衹覺觸目驚心，不禁驚呼：我的白髮長達三千丈，衹因爲憂愁是這樣的長。寫這首詩的時候，李白已經五十多歲。在此以前，他就多次感嘆過白髮早生，未必真是那樣，但現在的確是髮白的年紀。但這僅僅是歲月催人老嗎？我們知道，憂愁、焦慮也是與白髮聯繫在一起的。最著名的是伍子胥的故事，因爲過不去昭關，一夜之間，頭髮竟然全愁白了。詩人呢，他的白髮也是因愁而生，因愁而長。而長達三千丈，顯然是誇張，其長如此，可見愁思該有多麽深重。這一句自答，語勢跌落，情緒轉爲悲涼。我們仿佛看到獨坐愁城的詩人，在沉重的嘆息聲中，無力地低下了白頭。“緣”是因爲的意思，“個”是這樣的意思。

古詩裹寫愁的取譬很多，如李頎：“請量東海水，看取淺深愁”，是以水喻愁。李白隨手拈來，以白髮來寫，本也尋常，但以“三千丈”之長喻愁之深重，則不僅新奇，而且髮因愁白，二者之間有着緊密的聯繫，因此也就十分妥帖。看似不近情理，實則是興中有比，意味更長，讓讀者一下心領神會，過目不忘。

大凡高度的誇張，究其實，都不是單純出於奇想，而有着深厚的思想感情内涵。詩人之愁如此，是緣於什麽呢？到秋浦時，李白離開長安已經快十年了。這期間，他漫游天下，四海爲家，其中不乏痛快歡暢的時候。不過，他在秋浦時的心情並不太好，在《秋浦歌》組詩中多有反映。如第六首“愁作秋浦客，强看秋浦花”，連觀賞秋色也要强打精神。詩人年過半百，功業無成，在那朝政日趨令人心憂的年代，他自覺個人前途越來越没有希望，却始終不肯放棄輔佐君王、大濟蒼生的理想。理想和現實的衝突愈來愈尖鋭，詩人怎能不顔色改易，愁腸千轉!更何況，除了個人際遇之外，他還在爲國家的命運擔憂。此前不久，他北上幽州，看到大亂將起的種種迹象，却無可奈何。憂愁時時在心，衹不過因見白髮而大動感情，大加感慨。

不知明鏡裹，何處得秋霜

在發出一聲浩嘆之後，詩人筆鋒突轉，提出疑問：不知明亮的鏡子中，從哪裹得來的一片秋霜？秋霜色白，代指白髮，似重複却又不重複，因爲它具有憂傷憔悴的感情色彩。這兩句好像平地又起一層波瀾，詩人再次對鏡自照，好像不相信鏡中人就是自己。那白髮是從哪裏得來的？自二十多歲出蜀漫游，詩人奔波勞頓，哪一次失意，哪一回挫折，不使他心生憂愁憤激，以致華髮早生！這一頭“秋霜”，乃是大半生坎坷經歷的印迹和明證。詩人彷彿在鏡中看到了自己的悲哀：一生追求，至今一無所得。詩中連用“不知”“何處”兩個疑問詞，以强烈感嘆的語氣，把問題提了出來，却沒有回答。詩人親歷親感，怎麼會不知道呢？他衹是把無限的愁悶和悲凉留了下來。

評解

李白之詩常常是“奇想出奇句”。其詩不易學，也幾乎無法可學。王安石《示俞秀老》（其二）詩曰：“不見故人天際舟，小亭殘日更回頭。繖成白雪三千丈，細草孤雲一片愁。”第三句顯然套用了李白的“白髮三千丈”，但效果却差得很遠。這是因爲，王詩所表現的愁，不過是尋常離愁，當不得“三千丈”那樣的比擬，因而有明顯的斧鑿痕迹。另外，李白在詩中雖然點破了“愁”字，但根本就沒説出愁的具體内容，衹覺其愁浩茫無邊；王詩却把他的愁情和盤托出，話一説盡，詩就沒了味道。藝術表現的藏與露、深與淺的關係和效果，由此可見一斑。

贈汪倫

李白乘舟將欲行，
忽聞岸上踏歌聲。
桃花潭水深千尺，
不及汪倫送我情。

題解

天寶十四載（755），李白從秋浦（今安徽貴池）前往涇縣（今屬安徽）游桃花潭，受到當地人汪倫的殷勤招待。臨走時，汪倫又來送行，李白作了這首詩留別。

贈汪倫 詩意圖 呂士榮 繪

【句解】

李白乘舟將欲行，忽聞岸上踏歌聲

李白乘船將要走了，忽然聽見岸上有人一邊唱歌，一邊用脚踏地打着拍子，前來送行。是誰趕來送行呢？詩人没有直説，直到最後一句才説出。這裏衹聞其聲，不見其人，但人已呼之欲出。從“忽聞”一詞來看，這送行的場面有些出人意料，一是詩人没想到有人要來，大概他已與汪倫道過别，汪説有事不能相送了。二是送别的方式有些特别，是踏歌而來。所謂“踏歌”，本是古代的一種藝術形式，拉手而歌，用脚踏地爲節拍。後來也指“行吟”，即漫步而歌。這樣的送行，其人想必也該瀟脱俊逸，其中洋溢着的熱情也是撲面而來。

桃花潭水深千尺，不及汪倫送我情

詩人原來想着的，是一個人獨自離開，雖然不至於落寞，但畢竟還是有些冷清，而不期然出現的場面，讓詩人驚喜莫名。他不免發出感慨：桃花潭水雖然深達千尺，也比不上汪倫送我的情誼深厚。

桃花潭是他們曾游過的地方。詩人信手拈來，水深情深自然地相聯繫。清代沈德潛評價説：“若説汪倫之情比於潭水千尺，便是凡語。妙境衹在一轉换間。”的確，有了“深千尺”的桃花潭水作參照物，就把無形的情意化爲有形，既形象生動，又耐人尋味。潭水已“深千尺”了，那麽汪倫的情意有多深呢？

評解

明代唐汝詢在《唐詩解》中説：“倫，一村人耳，何親於白？既釀酒以候之，複臨行以祖（餞别）之，情固超俗矣。太白於景切情真處，信手拈出，所以調絶千古。”送行者豪爽熱情，情真意切，被送者驚喜感念。詩人就眼前景，用日常語，道心中情，自然質樸而又十分感人。

這首小詩，深爲後人讚賞，“桃花潭水”也就成爲後人抒寫别情的常用語。由於這首詩，桃花潭一帶留下許多優美的傳説和相關的遺蹟，如東岸題有“踏歌古岸”門額的踏歌岸閣，西岸彩虹罔石壁下的釣隱臺等等。

關於李白和汪倫的交往還有一段故事。當時的許多社會名流都非常傾慕李白，想與他結識，知其所好，常以美景美酒相邀。相傳當時涇川豪士汪倫，傾慕李白已久，忽聞李白將要游歷入皖，就修書一封，寫道：先生喜歡旅游嗎？

這裏有十里桃花的美景；先生喜歡喝酒嗎？這裏有萬家酒店供您痛飲。李白讀後，欣然前往。但是他並沒見到什麼十里桃花和萬家酒店。這時汪才告訴他：十里桃花是潭水名，萬家是一位酒店主人的姓。李白聽後大笑，遂與汪倫開懷暢飲，共抒情懷。這段故事見於清人袁枚的《隨園詩話》，雖然未必真有其事，却說明這首詩流傳之廣。

早發白帝城

朝辭白帝彩雲間，
千里江陵一日還。
兩岸猿聲啼不住，
輕舟已過萬重山。

題解

白帝城，在今四川省奉節縣東的白帝山上，是長江三峽的西起點。李白到白帝城不是去游覽，他是在流放途中經過這裏。天寶十四載（755），安史之亂爆發。永王李璘以抗敵爲號召，在江陵起兵。李白懷着抗敵平亂的志願，參加了李璘的幕府。不料，永王與肅宗發生矛盾，不久即被肅宗所殺。李白也因此獲罪，先被關在潯陽監獄，後又被流放夜郎（今貴州桐梓縣一帶）。

肅宗乾元元年（758），李白逆長江西上，將經過湖北、四川，到幾千里之外的夜郎去。當時他已經是五十八歲的老人了，報國無門，反而獲罪，心情之悲苦可想而知。李白在途中苦熬了約一年，於肅宗乾元二年（759）三月，行至

早發白帝城 詩意圖 華三川 繪

奉節白帝城，朝廷因大旱而大赦天下，消息傳來，李白懷着“曠如鳥出籠”的喜悦，迫不及待地乘船東下江陵（今湖北江陵縣），故詩題一作“下江陵”。這首詩就描述了他被赦東還行時的行程和心情。

也有一些人認爲，詩中履險如平的那種青春的豪氣，無所憂慮的輕快心情，應屬於初出蜀門時的李白，也就是説作於詩人二十五歲出蜀那年。

【句解】

朝辭白帝彩雲間

清晨，朝霞滿天，詩人就要踏上歸程。他從江上往高處看，但見白帝城彩雲繚繞，如在雲間，景色多麼絢麗!應該説，此時詩人心頭也正沐浴着燦爛的霞光。“彩雲間”，是寫早晨景色，由晦冥轉爲曙光，這與詩人劫後餘生的喜悦之情十分和諧。同時，從中也可見出白帝城之高，這就爲作者乘船從高處往低處急流而下，一日到達江陵的下一句詩做了鋪墊。

千里江陵一日還

千里之遥的江陵，一天之間就回還。北魏地理學家、散文家酈道元《水經注》説：“自三峽七百里中，兩岸連山，略無闕處；重巖疊嶂，隱天蔽日，自非亭午夜分不見曦月。至於夏水襄陵，沿溯阻絶。或王命急宣，有時早發白帝，暮到江陵，其間千二百里，雖乘奔御風不以疾也。”李白此詩化用“早發白帝，暮到江陵”，一方面使表現舟行快絶的字句凝煉了許多，同時又注入了充沛的感情。作者在流放途中所作的《上三峽》詩裏説：“三朝上黄牛，三暮行太遲。三朝又三暮，不覺鬢成絲。”回想那時，船隻繞着黄牛山打圈子，三天三夜就像一步也没挪動，差點讓人愁白了頭，行程是何等的艱難，人心又是何等的悲苦！没想到上行幾個月的路程，如今一朝一夕間就越過。“千里”和“一日”，以空間之遠與時間之短作對比。“還”，歸來也。它不僅表現出江流之快、歸舟之疾，也透出遇赦後重獲自由的喜悦、輕快感。

兩岸猿聲啼不住

兩岸猿猴啼聲不斷，回蕩不絶。有論者持别推重這一句。桂馥説：“妙在第三句，能使通首精神飛越。”施補華説：“中間却用‘兩岸猿聲啼不住’一句墊之，無此句則直而無味。有此句走處仍留，急語仍緩，可悟用筆之妙。”這句詩的妙處固然在於造成了文氣的疏宕和迴旋，但更主要的，乃是與下句連讀，真實地再現了穿越三峽的行程在詩人心中留下的印象。因爲船行如飛，因爲喜獲自由，兩岸山巒一閃而過，叫人目不暇接，詩人此時歸心似箭，似乎也無意賞景。因而視覺的印象很模糊，但聽覺的印象却是十分清晰。“啼不住”，並不是説三峽兩岸猿猴一直在不停地鳴叫，而是襯托出船速飛快，第一隻猴的叫聲未絕於耳，第二隻猴的叫聲又傳來，就像呼呼掠過的江風一樣，無頭無尾，連續不斷。三峽中，“常有高猿長嘯，屬引凄异”，故漁者歌曰：“巴東三峽巫峽長，猿鳴三聲淚沾裳。”李白此時心境不一樣，因此，他突破了以前詠猿詩哀愁、悲傷的氛圍，將歡悦的心緒和浪漫的情調融入其中。

輕舟已過萬重山

猿猴的啼聲還回蕩在耳邊，輕快的小船已駛過連綿不絶的萬重山巒。詩人先寫猿聲，繼寫輕舟，用一個“已”字把“啼不住”和“過萬重山”聯結起來，借猿聲回響襯托輕舟的快捷，這種修辭手法是十分巧妙的。爲了形容快，詩人除了用猿聲山影來烘托，還用了一個“輕”字，别有一番意藴。順流而下，行船輕如無物。尚在流放途中時，詩人感覺是“夜郎萬里道，西上令人老”，而現在，重負已釋，又如何不令人輕鬆呢？待萬重山一過，詩人歷盡艱險重上坦途的快感，也就不言而喻了。這最後兩句，既是寫景，又是比興，既是個人心情的表達，又可視爲人生經驗的總結。

評解

全詩雖無一個快字，但我們却分明感覺到：一是舟行之快，二是人心之快。詩人急欲還歸的心情，洋溢於明快的詩歌節奏中。全詩寫景抒情，達到了情景交融的地步。此詩有一種歷久彌新的鮮活感，無論我們是否經過三峽，也無論我們何時去過，每每讀起，總覺得如在目前。更重要的是，其中的快意叫人心情輕鬆暢快，使人神遠，因此百誦不厭。

廬山謠寄盧侍御虛舟

我本楚狂人，鳳歌笑孔丘。
手持綠玉杖，朝别黄鶴樓。
五岳尋仙不辭遠，一生好入名山游。
廬山秀出南斗旁，屏風九疊雲錦張，影落明湖青黛光。
金闕前開二峰長，銀河倒挂三石梁。
香爐瀑布遥相望，迴崖沓嶂凌蒼蒼。
翠影紅霞映朝日，鳥飛不到吴天長。
登高壯觀天地間，大江茫茫去不還。
黄雲萬里動風色，白波九道流雪山。
好爲廬山謡，興因廬山發。
閑窺石鏡清我心，謝公行處蒼苔没。
早服還丹無世情，琴心三疊道初成。
遥見仙人彩雲裏，手把芙蓉朝玉京。
先期汗漫九垓上，願接盧敖游太清。

廬山謠寄盧侍禦虛舟 詩意圖 程錫瀛 繪

題解

此詩作於唐肅宗上元元年（760），李白時年六十。頭年春天，他於流放夜郎途中遇赦獲釋。他以爲長安、洛陽兩京收複，國家中興在望，個人命運也可能否極泰來，又有仕朝之意。結果又告失敗，惟有痛飲澆愁，狂歌當哭，出世思想又一次擡頭。當他還至豫章（今江西南昌）時，一生中最後一次登上廬山，作此詩，意欲求仙學道，過隱居生活，以度殘年。

盧虛舟，字幼真，范陽（今北京大興）人，肅宗時任殿中侍御史，曾經與李白同游廬山。詩題中的“謠”，指徒歌，即無音樂伴奏的歌唱。

【句解】

我本楚狂人，鳳歌笑孔丘

詩人起句用了一個典故，說：我本來就像楚國的狂人接輿，高唱着鳳歌謿笑孔丘。

接輿，姓陸名通，是春秋末期楚國的一位隱士，佯狂不仕，人稱“楚狂”。孔子曾去楚國，游說楚王。接輿在他車旁唱道：“鳳兮鳳兮，何德之衰？往者不可諫，來者猶可追！已而！已而！今之從政者殆而！”歌詞大意是勸孔子放棄從政的打算。楚狂是不滿當時社會現實的，詩人以之自比，既是說自己不會像孔子那樣熱衷於政治，要像楚狂那樣去過隱居生活，同時也暗示自己對現實的不滿。事實上，對於李白，早就有人說是瘋子或狂人了。他的一首詩就說：“一州笑我爲狂客，少年往往來相譏。”

手持綠玉杖，朝別黃鶴樓。五岳尋仙不辭遠，一生好入名山游

既然詩人在謿笑孔子的奔波忙碌，他自己又在做什麼呢？他說：我手持仙人所用的綠玉杖，在清晨辭別黃鶴樓；爲着尋仙，我遍訪五岳不辭路途遥遠，一生中十分喜好到名山尋游。

李白這次游廬山，是自奉節赦還，取道江夏（今武昌）回潯陽，這一行程在他寫來，充滿神話傳說色彩。李白曾說“儒生不及游俠人”，他喜歡游俠一樣的生活，一生中漂泊跋涉，有很多求仙學道的朋友。他說自己學道有三十年的歷史，“學道三十春，自言羲和人。軒蓋宛若夢，雲松長相親“，“雲卧三十年，好閑複愛仙”。因此，“五岳尋仙不辭遠，一生好入名山游”，是李白一生游踪的

形象寫照。

廬山秀出南斗傍，屏風九疊雲錦張，影落明湖青黛光

詩人以前即已游過廬山，並留下詩句，這次他描繪道：廬山秀麗挺拔在南斗星旁，狀似屏風的峰巒重叠伸展，好像錦繡雲霞一樣展開；山峰倒映在明净的鄱陽湖中，閃爍着深青色的波光。

廬山北靠長江，南依鄱陽湖，主峰漢陽峰海拔一千四百多米。説來並不很高，但因是平地拔起，故在善於想象和誇張的詩人筆下，竟然直抵南斗星。有人認爲，“屏風九叠”即“九叠雲屏”，又叫“屏風叠”，在廬山五老峰東北，峰巒重叠，狀如屏風。“九叠”是説形態多。李白曾在此築屋隱居，對這裏應該最熟悉，最有感情。“雲錦”，彩雲織成的錦緞，一説彩雲和錦繡的合稱。“黛”，古代婦女描眉所用深青色的顔料，此形容山影映水的顔色。

這三句大概是從鄱陽湖上看廬山，既遠觀其形，又近看其影，湖光山色，相互映照，顯得格外明媚綺麗。

金闕前開二峰長，銀河倒挂三石梁。香爐瀑布遥相望，迴崖沓嶂凌蒼蒼

詩人在欣賞完廬山的整體輪廓後，爲幾處特别的景致所吸引。首先是天然奇景石門，衹見兩座山峰高聳，壁立對峙，如金門打開。“金闕”，指金闕峰，即石門。第二景是石梁飛瀑，衹見三道石梁上瀑布飛瀉，有如銀河倒挂，氣勢十分壯觀。這可能是石門澗瀑布。《水經注》引《潯陽記》云：“廬山上有三石梁，長數十丈，廣不盈尺，杳然無底。”第三景是香爐瀑布，與石梁飛瀑遥遥相望。香爐峰上方常有水氣瀰漫，氤氲若香烟，故得名。

這些地方峻崖環繞，峰巒重叠，好像要凌駕於蒼天之上。“迴”，曲折迴環的意思。“沓”，重叠。“嶂”，像屏風一樣的山。“蒼蒼”，天的顔色。

翠影紅霞映朝日，鳥飛不到吴天長

這兩句承上啓下。前句寫旭日初升時的景色，後句寫吴地的寬廣。衹見蒼翠的山色、絢麗的紅霞與朝陽交相輝映，廬山及遠處一帶，地廣天高，連鳥兒也飛不到邊。春秋時期，廬山一帶屬吴國，故稱“吴天”。

登高壯觀天地間，大江茫茫去不還。黄雲萬里動風色，白波九道流雪山

當詩人登上高峰時，舉目四望，衹見天地之間，長江浩浩蕩蕩，奔流不息，一去不還。萬里黄雲飄浮，景色不斷變幻，九道江流白浪翻滚，洶涌如雪山。境

界十分闊大。

長江衝出三峽以後，奔流在坦蕩的平原之上，兩岸除了時遠時近的低丘外，没有什麽高大的山嶺，獨在九江附近，廬山拔地而起，聳峙江邊。當雲霧起時，從山下仰望，廬山時隱時現；從山上往下看，茫茫雲海，千變萬化。因此，詩人這幾句既是寫景，但又不完全是實寫。

“動風色”，使風色爲之動。“白波九道”，是古代傳説，稱長江流至潯陽分爲九條支流。這幾句藴含着詩人的强烈的主觀感受，因而顯得格外氣魄宏大，境界高遠，氣象萬千。

好爲廬山謡，興因廬山發。閑窺石鏡清我心，謝公行處蒼苔没

大自然總能激起人的某種情愫，對於詩人來説，尤其如此。他説：我喜歡作廬山歌謡，詩興都因廬山而觸發。李白一生三次游廬山，共作歌詠廬山的詩十餘篇。廬山的確大大地激發了他的詩興。

經過永王璘事件的挫折後，李白這次重登廬山，不禁有了新的感慨：從容自得地照照石鏡，使我心神清静，當年謝公走過的地方，早已被青苔掩没。

“謝公”，即南朝詩人謝靈運，曾登廬山，有“攀崖照石鏡”詩句。“石鏡”，傳説廬山東面石鏡峰上有一塊圓石，明净如鏡，可以照見人形。如今，謝公早已不在，衹有那曾經照過的石鏡，仍然使人心神澂清。詩人由游山的清興轉入人生無常、人世滄桑的慨嘆。

早服還丹無世情，琴心三叠道初成。遥見仙人彩雲裏，手把芙蓉朝玉京。先期汗漫九垓上，願接盧敖游太清

詩人進而有了尋仙訪道、超凡脱俗之意。他希望有一天能早服仙丹，對世俗毫無情念，心神寧静，仙道初步修成。“還丹”，指道家將丹煉成水銀，又使水銀還原爲丹，認爲吃了可以成仙。“琴心三叠”，術語，指修煉身心，達到心和氣静的境界。

詩人還仿佛遠遠地看見仙人們站在彩雲裏，手捧蓮花朝拜玉京。他説，自己已和仙人相約在九天之上，希望接上盧敖，一起同游仙境。“芙蓉”，即蓮花。“玉京”，元始天尊的居處。

這是詩人借盧敖的故事邀盧虚舟共作神仙之游。《淮南子·道應訓》載，盧敖周游世界，到了北方，遇見一奇人，想叫他和自己結伴同游北陰之地。那人笑道：“吾與汗漫期於九垓之外，吾不可以久駐。”説罷跳入雲中。“期”，約會。“汗漫”，不可知的意思，這裏指代不可知之神。“九垓”，即九天，天之最高處。

“太清”，天外仙境。道家認爲天外仙境有三：元始天尊所居叫玉清，靈寶道君所居叫上清，太上老君所居叫太清，合稱三清境。詩人想象自已跟隨仙人飛升而去，那麽，世間的一切煩惱也就没有了。

評解

這是一首紀游抒懷詩。詩中既有自我形象的描繪，更對廬山景物大寫特寫，還有直接的感觸。從中可看出詩人晚年流放歸來、政治理想破滅後欲尋仙歸隱、寄情山水的心境。這樣的主題在他的詩中不知已出現多少回。事實上，李白一入名山大川，就想着歸隱；一旦在山裏住下，又想着要入朝拜官，報効國家。這一次經歷了入獄和流放的大波折，仿佛此後會安心歸隱山水；然而，李白一下廬山，馬上就去想平叛之事，哪裏曾一心一意當什麽楚狂人。

望天門山

天門中斷楚江開，
碧水東流至此迴。
兩岸青山相對出，
孤帆一片日邊來。

題解

今安徽省當塗縣境内的長江兩岸，兩座山峰夾江對峙，東爲博望山，西爲梁山，錯落相對，猶如一扇天然的江上巨門，浩瀚的長江水從中穿過，二者合稱天門山。

《望天門山》寫於何時，難以考定。詩人早年出蜀，晚年盤桓皖南一帶，都曾多次經過天門山。

望天門山 詩意圖 戴敦邦 繪

【句 解】

天門中斷楚江開

這是長江流經天門山時的情形，說是天門山從中斷開，爲長江打開通道。當塗在戰國時代屬楚國，故稱流經這一帶的長江爲楚江。“斷”“開”兩字，下得利落有力，從而將天門山夾江而峙、相望如門之勢極其簡潔、準確地摹繪出來。這是橫鎖大江的天門山給楚江留下了一條通道呢？還是巨流衝出了一個天門?從詩人用筆來看，“斷”字表示江水衝撞之烈，其意大概是說，天門山原是堵江而立的，洶涌的江水自西而東奔來，以雷霆萬鈞之力衝撞天門，於是，山斷水開。從這裏，我們不難感受到長江那一往無前、勢不可擋的力量。

碧水東流至此迴

清碧的江水東流到這裏，又迴旋着嚮北流去。長江總的流向是由西嚮東，但至天門山時江水猛地嚮北流去。由於兩山夾峙，江面變窄，使得浩蕩的江水激起迴旋，形成波濤洶涌的奇觀。如果說上一句是借山勢寫出水的洶涌，那麽這一句則是借水勢襯出山的雄奇。儘管江水能够將大山衝開，但大山畢竟扼江，江流不得不迴旋轉嚮。有的版本“至此迴”作“直北迴”，指東流的長江在這一帶迴轉嚮北。這是對長江流嚮的精細說明，但少了詩意。

兩岸青山相對出

兩岸的青山，相對着突現出來。這是對首句“天門中斷”四字的具體化，狀寫“中斷”後的天門山形成對稱的兩座山峰，各據一岸，與中間奔流的長江，構成一幅天然的山水畫。一個“出”字，使本來静止不動的山有了動態美，而且點出了詩人“望”的角度。他不是站在岸上的某一個固定地方，而是舟行江上，順流而下所見。詩人站在船上眼望遠方，不覺船行，隨着距離的不斷變化，衹覺得好像是天門山從江岸邊走了出來。此句還寓含了舟中人的新鮮喜悦之感。

孤帆一片日邊來

一葉孤帆，從太陽邊駛來。這句一下子把鏡頭拉遠了，眼前頓時變得開闊無垠。詩人遠眺前方，衹見長江浩瀚迷茫，在那水天交接處，有一葉孤帆，其背景是一輪太陽。這樣的場景我們並不陌生，仿佛曾經見到的一幅畫或者一幅攝影作品。“日邊”，給人留下廣闊的想象空間。“來”，使畫面頓顯活躍，具有不斷變幻的美感。有人把“日邊”說成是用典，代指唐朝的帝都長安，因此說這一句是寫李白離開長安以後懸念朝廷的悵惘心情。其實，就全詩而言，李白是行舟時即目所見，隨興吟發。把它和“西入長安到日邊”（《永王東巡歌》）那種政治色彩很濃、寓意很明白的詩同等對待，就難免牽强附會。從李白的性格和詩風來看，也很少這樣隱晦曲折的。詩題中的“望”字，分明是説詩人在賞景。歷來的許多註本由於忽略了這一點，所以往往把詩意理解錯了。

又有人提出，“日”是指朝陽還是夕陽（這關係到朝東看還是朝西看，作者是順流而下，還是逆流而上）；“孤帆”是指作者自己，還是所見遠景（這關係到是實景還是想象）。其實，大可不必拘泥於此。詩歌本來就不是紀實，讀者不妨放開想象，用自己的心去感受詩意，欣賞其中的美就行了。

評解

李白以山水爲題材的詩很多，多寫得場面宏大、瑰奇壯麗。這首詩猶如一幅畫：近處，兩岸青山相對，一江碧水奪路而去；遠處，水天相接，一片白帆自日邊而來。畫面不僅闊大深邃，而且有高有低，有遠有近，有大有小，有動有静。此外還具有活潑新鮮、明亮清晰的色彩美。江水澂碧，山色青青，白帆悠悠，日色遥見，都給人以生機蓬勃的感覺。我們仿佛看到，才華横溢的詩人借助於筆下一派雄麗的景色，也將豪情奔放、超逸不羈的胸臆和盤托出。

静夜思

床前明月光，
疑是地上霜。
舉頭望明月，
低頭思故鄉。

題解

李白在五歲時遷入蜀中，自二十五歲出蜀後，就再也没有回去過。雖然蜀地不是他出生的地方，但他在那裏生活了二十年，那裏有他的童年、少年和青年。他的故鄉在蜀中。這首詩寫的是静夜裏對故鄉的思念。作於何時何地，很難確定，衹能説是在漫游期間。

静夜思 詩意圖 戴敦邦 繪

【句解】

床前明月光，疑是地上霜

床前灑下一片月光，讓人以爲是地上鋪了一層白霜。用“霜”形容月光，並無特別之處，古詩中也不乏其例。如“夜月似秋霜”“空裏流霜不覺飛”等。這裏要注意“疑”字，説明是一種錯覺。也許詩人還未入睡，正若有所思，也許剛從夢中醒來，仍迷離恍惚。乍見地上一片銀白，以爲是下了霜。隨即一轉念，這屋中哪來的霜，於是順窗望去，才知是明月光。詩人就此頓然清醒。用霜來形容月光，不僅顯示了月光的潔白、明净，而且給人以清冷的感受。在詩歌中，秋霜常常是感傷的暗示。所以這兩句雖説是寫景，但景中融情，在“静夜”中引出了“思”。

舉頭望明月，低頭思故鄉

擡起頭來凝望天上明月，低下頭來思念久别的故鄉。

因爲“疑”而“舉頭”，舉目所見，乃是一輪明月，詩人不禁久久凝視，若有所思。對於身在异鄉的游子來説，静夜中的明月最易觸動情思，讓人感懷身世，思念故鄉。故鄉不可見，不免黯然神傷，於是低下頭來，陷入沉思之中。這一舉、一低，是極自然平常的細微動作，不僅寫出了游子望月的動態，而且抒寫了游子的心情。而這種鄉情，又是借第一、二句的環境氣氛烘托出來的。

評解

《静夜思》最初的字句稍异於現在。宋朝的一些刊本中，第一句爲“床前看月光”，第三句爲“舉頭望山月”。後來，第一句變成了“床前明月光”，第三句仍舊。至清代蘅塘退士孫洙編《唐詩三百首》，則是我們今日所采用的版本。

中國古代詩歌中，有大量抒寫鄉情的篇章。李白的《静夜思》，應該是這類詩歌中最爲人熟悉並傳誦的一首。

這首詩内容單純，内涵却非常豐富，表達了一種人所共有的思鄉之情，能激發起人們的共鳴。從引發鄉情的具體環境和過程來看，是很普通、極常見的，不但人們容易理解，而且許多人都體驗過。就鄉情的具體寄托來看，每個人心中都有一幅故鄉畫。當詩人在静夜裏對月思鄉的時候，他的鄉情一定有這樣那樣的具體内容。比如，故鄉的景物、人物、生活等等。但是，所思的内容在詩中一點没有反映出來，詩人衹是點出“思故鄉”三個字，正如沈德潛所評：“旅中情思，雖説明却不説盡。”然而，正因爲詩人没有把他的鄉思説盡，才給讀者留下了自由想象的空間。不同的人，盡可以用自己不同的生活體驗去描繪它，把它具體化，寄托自己獨特的鄉情。因此，這首詩是容易理解的，却又是體味不盡的。

《静夜思》中的鄉情，十分輕淡，給人親切而真實的感覺。不但古詩中常見的那種客子思鄉懷親的悲愁與痛苦看不到，就連游子常有的孤寂和凄清之感，都淡得使人覺不出來。如清人徐增所評：“因疑則望，因望則思，並無他念，真静夜思也。”它抒發的鄉情，就像詩中那瀰漫於天上地下的月光，輕盈似紗，清淡如水。這種感情，以柔美、温和爲特徵，具有平凡生活色彩。衹要一讀到或聽到這首詩，人們並不感到心靈的强烈震撼，衹是心弦被輕微地撥動了一下，從而引起一種熨帖的、和諧的美感。

明人胡應麟説：“太白諸絶句，信口而成，所謂無意於工而無不工者。”他稱《静夜思》爲“妙絶古今”。的確，此詩構思細緻而深曲，但又脱口吟成、渾然無迹。用韻明快，富有音樂的旋律，頗具節奏感；讀起來朗朗上口，悦耳動聽。全詩語言清新樸素，明白如話，幾與民間歌謡相似，可謂過目即誦。

春思

燕草如碧絲，
秦桑低綠枝。
當君懷歸日，
是妾斷腸時。
春風不相識，
何事入羅幃？

題解

中國古詩中，“春”不僅指大自然的春天，有時還用來比喻男女之間的情愛。這首詩題目中的“春”，就一語雙關。李白集中，除本首《春思》外，另有兩首題作《秋思》。其中一首與本首爲一組，都寫征婦思夫。有人曾説：“按《春思》《秋思》二詩，戍婦詞爾。征夫不歸，春而秋矣……是一年光景又虚度矣。思婦之心，當如何其悲也。”

春思 詩意圖 張鴻飛 繪

【句解】

燕草如碧絲，秦桑低綠枝

燕地的青草剛剛萌發，就像是碧綠的細絲，而秦地的桑樹已經繁榮茂盛，低垂着綠枝。“燕草”，燕地的草。燕，今河北北部、遼寧西南部一帶，是詩中女子丈夫徵守的地方。“秦桑”，秦地的桑樹。秦，今陝西關中一帶，是思婦所居之地。這兩句在順序上屬於倒裝，思婦目睹秦地桑葉低綠的暮春景象，而遥想燕北一帶的景色。燕地寒冷，秦地相對偏暖，因此當秦桑綠枝低垂之時，燕草還像碧絲一般。

思婦眼前所見是秦桑，心中所念却是燕草，説明她無意於欣賞春光，而是觸景生情，惦念徵人。這是以比興開篇，即“先言他物以引起所詠之詞也”。由眼前景物入手，引起後文相思，這從《詩經》開始就一直是民歌中常見的開篇方法。

當君懷歸日，是妾斷腸時

詩的前兩句看似平淡尋常，毫不足奇，待讀到這兩句時，就體會到其中的妙處：當你看到碧草思念着歸家的日子呵，正是我見了綠桑想你斷腸之時。思婦終日盼望丈夫早日歸來，料想丈夫也是同樣心思。當春天來臨、萬物生發時，有感於物候之變，思念的心情比平日來得格外强烈些。因此，見春而思歸。這在古詩中較常見，如南朝江淹《别賦》“春草春色，春水綠被，送君南浦，傷如之何”、唐王維《送别》詩“春草年年綠，王孫歸不歸”，都是睹春色、感物候而倍增離情别緒。

兩處春光，引起兩地相思，思婦對丈夫的真情及二人心心相印之意由此可見。丈夫思歸，雖未成行，但也勉强能慰離人愁腸，按理説，思婦應該有所慰藉，但怎麼又説“斷腸”呢？元代蕭士贇評述道：“當秦地柔桑低綠之時，燕草方生，興其夫方萌懷歸之志，猶燕草之方生。妾則思君之久，猶秦桑之已低綠也。”原來，詩人是用襯托的手法。痴情的妻子朝思暮想，望穿秋水，相思既深且久，故令人斷腸。

春風不相識，何事入羅幃

有人説，詩寫到三四兩句，征婦思夫的意思已經表現出來了，就此煞尾也是可以的。詩人却不滿足於一般化地表現少婦思夫之情。他筆鋒一轉，又掀起一層波瀾：春風呀春風，我與你素不相識，你爲什麼要跑進我的羅帳？

我們常説春風撩人，春思纏綿，這春風已不單指自然之物。春風吹入閨房，掀動了罩在床上的羅帳，思婦見此，不免責怪起來，春風啊，你所來何事？無非是更讓我相思斷腸。思婦滿腹心事，没個訴處，滿懷情事，没個解處，竟怪罪不解人意的春風。看似無理，其實有情。相思之苦，相戀之深，呼之欲出。可説是無理而妙，即在看似違背常理與常情的描寫中，反而更深刻地表現了複雜的感情。這是古典詩歌中常見的一種藝術手法。

南朝樂府裏，常有關於春風的描寫，如："春風不知著，好來動羅裙""春風複多情，吹我羅裳開""攬裙未結帶，約眉出前窗。羅裳易飄揚，小開駡春風。"這些懷春的少女，正渴望着愛情，在她們眼裏，春風是多情之物。而在李白此詩中的思婦看來，那春風正是傷情惱人之物。

也有人認爲，這最後一句是思婦申斥春風，以明志自警，表現了她忠於所愛、堅貞不二的情操。如元人蕭士贇説："末句比喻此心貞潔，非外物所能動。"

評 解

這首《春思》是用五言古詩寫的，在感情的抒發上，曲折委婉，一唱三嘆，給人以既古樸又雋秀的美感享受。清乾隆帝曾評價説："古意却帶秀色，體近齊梁。"意思是説，從格調來説，與南朝齊梁間的民歌極爲相似，但在表情達意上却更多了幾分含蓄與蘊藉，這種與《詩經》頗爲相似的風格就是所謂的"古意"了。

子夜吴歌

長安一片月，
萬户搗衣聲。
秋風吹不盡，
總是玉關情。
何日平胡虜，
良人罷遠征?

題解

六朝樂府有《子夜歌》，因爲主要在江南吴地流行，所以也稱《子夜吴歌》。《晋書·樂志》説“吴歌雜曲，並出江南”。吴歌的歷史可以追溯到很早，顧頡剛認爲其起源“不會比《詩經》更遲”，其内容則主要是“小兒女口中的民間歌曲”。多寫男女之情，其中不少是女子思念丈夫的哀怨之情；也有唱到家鄉風情、人生苦樂之類。形式是五言四句，語言清新婉轉，如《大子夜歌》所唱的：“歌謡數百種，子夜最可憐。慷慨吐清音，明轉出天然。”《子夜吴歌》中有一種變曲，叫《子夜四時歌》，是根據春、夏、秋、冬四季的特點來寫的。

子夜吴歌 詩意圖 苗重安 繪

李白善於嚮民歌學習，《全唐詩》直接提到“吴歌”者近二十處，其中他一人就獨占七處。李白的這組《子夜吴歌》，共四首，這裏所選是第三首，寫閨婦對征夫的思念。

【句解】

長安一片月，萬户搗衣聲

這兩句讓人産生蒼茫寥廓、似愁似怨的情思。秋夜裏，唐朝的國都長安城（今陝西西安市），白天的繁華與喧囂已遠去，到處是水一樣浮動着的月光。因爲是秋月，顯得特别高遠與皎潔，給人以冷月無聲之感。這時，傳來了千家萬户的搗衣聲，此起彼伏，綿延不絶。“搗衣”，是將衣料放在石砧上用木杵捶擊，使之綿軟，以便裁縫。秋天，是縫製寒衣的季節。秋天，又容易引起人的悲感，如宋玉在《九辯》中所説“悲哉秋之爲氣也，蕭瑟兮草木摇落而變衰”。

見月懷人是古典詩歌傳統的表現方法。唐人張若虚在《春江花月夜》中寫道：“玉户簾中捲不去，搗衣砧上拂還來”，那揮之不去的，是月光。在李白的筆下，更是深切的思念。這兩句既寫自然之景，又融進了生活情景，而且不露痕迹地借景抒情。王夫之講情與景的關係，曾舉例説：“景中情者，如‘長安一片月’，自然是孤栖憶遠之情。”

秋風吹不盡，總是玉關情

秋風吹不盡的，總是思念玉門關的情思。“玉關”，即玉門關，頻見於中國史書古籍，唐詩中亦有不少名句，如“羌笛何須怨楊柳，春風不度玉門關”。玉門關是古代中國西北疆域内的著名重鎮，歷史上一直是兵家必争之地和交通要塞。根據歷史文獻記載，唐軍與北匈奴曾多次在玉門關大戰。由此我們明白，之所以情牽玉門關，是因爲那裏有身在邊關的親人。“玉關情”三字藴含深厚，有對久别丈夫的思念，有對親人冷暖的關切，有對安危的擔憂，有對早日團聚的渴望，等等。這兩句好像是詩人從旁體味，又好像詩人與萬户人家心意相通。

對“秋風吹不盡”一句有不同的理解。有人認爲，妻子思夫之情深切綿長，是蕭瑟秋風吹不盡的。有人則認爲，它是承上句而來，指“萬户搗衣聲”風吹不盡，風送砧聲，聲聲都是懷念玉關徵人的深情。“總是”二字，表明情思的執著與無窮無盡。此句雖然見境不見人，而人物儼在。

月夜、秋風、搗衣、懷人，類似的情景在子夜民歌中也有，如“風清覺時涼，明月天色高。佳人理寒服，萬結砧杵勞”，“白露朝夕生，秋風凄長夜。憶郎須寒服，乘月擣白素”。但是，李白的詩不僅語句更爲流暢，而且内容也深厚得多。李詩不是一般性的懷人，而是對邊關親人的思念；不是個别的，而是一個群體，具有代表性。

何日平胡虜，良人罷遠征

什麽時候才能掃平胡虜，丈夫從此停止遠征？清人田同之曾説：“余竊謂删去末二句作絶句，更覺渾含無盡。”若果真如此，確實“含蓄”了一些，但内容上必然受損。正是有了這兩句，才如沈德潛所説，“本閨情語而忽冀罷征”，使詩歌思想内容大大深化。再説，慷慨天然即是民歌本色，“不知歌謡妙，聲勢出口心”。因此，由傳統的四句增爲六句，不單是對子夜吴歌形式的擴展，而且也是詩歌本身抒情的深化。詩人不再是旁觀者，而是以思婦的口吻，呼出衆人心聲：什麽時候才能停止戰争，親人相聚，過上和平幸福的生活？這已不僅僅是一己之情。它反映了戰争給無數家庭帶來的痛苦，廣大民衆對和平生活的强烈願望。沈德潛對詩的末二句作了更深入的分析，他説：“不言朝廷之黷武，而言胡虜之未平，立言温厚。”他認爲這首詩還包含着對朝廷窮兵黷武政策的委婉批判。“良人”，是妻子對丈夫的稱呼。“胡虜”，胡是對西北少數民族的泛稱，虜，是對敵人的蔑稱。

評解

宋代王安石曾説，李白的歌詩“豪放飄逸，人固莫及，然格止於此，不知變也”。事實上，從現存李白的一百多首樂府詩看，不僅大都寫得清新自然，還能一變其怪偉奇絶、縱橫恣肆的總體風格，具有婉轉纏綿、藴藉含蓄的特色，即所謂“微而彰，婉而麗”。《子夜吴歌》正是如此，它既保持了濃郁的民歌風格，又在内容和形式上有所創新。

關山月

明月出天山，蒼茫雲海間。
長風幾萬里，吹度玉門關。
漢下白登道，胡窺青海灣。
由來征戰地，不見有人還。
戍客望邊色，思歸多苦顏。
高樓當此夜，嘆息未應閑。

題解

《關山月》是樂府舊題，屬橫吹曲辭。《樂府古題要解》說：“《關山月》，傷別離也。”郭茂倩《樂府詩集》收南朝到唐代詩人所寫《關山月》曲辭二十多首，内容都是寫征戍遠別之苦的。李白這首是其中的名篇。

關山月 詩意圖 李鳴泉 繪

【句解】

明月出天山，蒼茫雲海間。長風幾萬里，吹度玉門關

起筆四句構成一幅萬里邊塞圖：一輪明月從天山升起，浮動在蒼茫的雲海間。長風浩蕩，不知吹了幾萬里，才吹過玉門關。

"天山"，今祁連山，位於甘肅省西北部。匈奴語呼天爲"祁連"。天山之名本身就給人以莽莽蒼蒼的感覺，明月升起，清輝遍灑，該是何等開闊。"蒼茫雲海"，含有言説不盡、引人遐思之意。浩浩長風，可是從家鄉吹來？"萬里"，有空間感，言相隔之遠。"玉門關"，爲古時通往西域的要道，故址在今甘肅省敦煌市西北，這裏泛指西北邊地。這一地名既給人邊遠之感，又含有一種古老的時間意味。"明月"，是思鄉的寄托，也是團圓和美滿的象徵。望天上月，其實是望鄉，衹是望得見月，望不着鄉。

這四句既是寫邊地寥廓蒼莽的自然景象，又點出徵人所在位置。既道盡關山阻隔，離家之遥，又見出邊關的空曠荒凉，征夫的孤寂凄苦。在這樣一種背景襯托下，徵人懷鄉之情愈發覺得深沉凝重，所謂"一切景語皆情語也"。

李白這種以我爲主、吞吐萬象而又近於天真的情懷，少有人能比。《樂府詩集》所收二十多首《關山月》曲辭，寫法上大致相同，開頭幾句都先切"關山""月"，其中寫得較好的，有"秋月上中天，回照關城前"，"關山夜月明，秋色照孤城"，"月生西海上，氣逐邊風壯，萬里度關山，蒼茫非一狀"等，但都不如李白的這四句氣勢雄渾寥廓，境界高遠，情思遥深。

漢下白登道，胡窺青海灣。由來征戰地，不見有人還

這四句由寫邊塞景象轉到邊關戰事：漢高祖當年率兵被困白登山，現在胡人又窺伺着青海灣；自古以來，這裏就是征戰的疆場，多少將士出征啊，都不見回還。"下"，出兵。"白登"，山名，在今山西省大同市東。漢高祖劉邦曾在白登山附近與匈奴作戰，被圍困七日。"青海"，湖名，在今青海省東北部，唐軍在此曾多次與吐蕃交戰。詩人由古今戰場寫起，是泛指，言戰爭不休。這樣的戰爭對前綫的將士們意味着什麽？詩人並没有描繪出"白骨露於野，千里無鷄鳴"的景象，但在詩句的背後，透出凄凉悲慘的氣氛。

戍客望邊色，思歸多苦顔。高樓當此夜，嘆息未應閑

結尾四句，從徵人的角度直抒思歸之苦：戍邊將士望着邊地的景象，思念家鄉，臉上多是愁苦的容顔；遥想妻子佇立高樓共對今夜，嘆息之聲當是不會

停止。“望邊色”三字，將前面所描繪的萬里邊塞圖與“戍客”緊密地聯繫起來。所見景象如此，所思亦自是廣闊而渺遠。詩人采用化實爲虛的手法，寫徵人推想妻子倚樓望月、嘆息不已的情景，愈發襯托出思歸之情的深切。此處如果實寫，自無不可，但不如虛寫顯得空靈超脱而筆法多變。以虛代實，感情上的份量不但没有減弱，反而因含蓄凄婉而更覺深摯悲苦。

評解

描寫戰爭帶來的苦難是當時一個習見的主題。如李頎《古從軍行》：“年年戰骨埋荒外，空見蒲桃入漢家。”陳陶《隴西行》：“可憐無定河邊骨，猶是春閨夢裏人。”無論戰爭是與非，就個人而言，總是意味着别離、苦難與犧牲。對於當時的邊塞戰爭，詩人不作單純的譴責或頌揚，而是揭示其造成的巨大犧牲和給人帶來的痛苦，實際上是對和平安寧的渴望。

離人思歸之情，在一般詩人筆下，往往寫得過於纖弱和愁苦，境界也往往狹窄。但李白所寫却如明代胡應麟所説：“渾雄之中，多少閑雅。”如果把“閑雅”理解爲不局限於一時一事，而是帶着一種更爲廣遠、沉静的思索，那麽，他的評語是很恰當的。

送友人

青山横北郭，白水繞東城。
此地一爲别，孤蓬萬里征。
浮雲游子意，落日故人情。
揮手自兹去，蕭蕭班馬鳴。

題解

《送友人》是一首五律詩，爲李白有名的送别詩。至於送何人，作於何時，不詳。

送友人 詩意圖 馬振聲 繪

【句解】

青山橫北郭，白水繞東城

青翠的山巒橫亘在外城的北面，波光粼粼的河水繞城東流過。“郭”，指外城。朋友遠行，詩人從城内一直送到城外。放眼遠望，青山迎面撲來。山鬱鬱葱葱，大概不會太高，但綿延甚廣，所以説“横”。對於即將遠行的人來説，有山高路遠、崎嶇艱難之意。近看，流水潺潺，繞城而去。水本無色，但在陽光照耀下，波光粼粼，所以説“白水”。古人常以流水比喻離情别意，流水繞城，似有留戀之意。

這兩句，“青山”無言，“白水”有聲，對偶工穩，而且“青”“白”相間，色彩明麗，呈現出一幅寥廓秀麗的圖景。

此地一爲别，孤蓬萬里征

在這裏一分别，你就孤身一人，踏上萬里征程，猶如那隨風而飛的蓬蒿，漂泊天涯。詩人見朋友孤身遠行，不知道前行的路上，是否順利平安，因此心中充滿了對他的深切關懷。“孤蓬”，孤飛的蓬蒿。蓬蒿秋天枯萎時常被風拔起，飄轉無定，古詩文常以之比喻身世飄零、遠行無依之人。

如果按嚴格的格律要求，律詩的二、三兩聯是必須對仗的，可是這一聯中的“一爲”對“萬里”却並不工整，因爲“爲”是虚字，而“里”是實詞，這種詞性不盡相同的對仗，在後來，特别是晚唐的律詩中都是儘量避免的，而在這裏，詩人不拘泥於對仗，落筆舒暢自然。

浮雲游子意，落日故人情

白雲飄浮，不知從哪裏來，也不知要到哪裏去，有時停一停，有時隨風而散。在外漂泊的游子，和浮雲一樣行踪不定。夕陽徐徐西下，似乎不忍遽然離開大地。人們在欣賞落日時，也有戀戀不捨之意，生怕它早早地落下。這不正像詩人與朋友依依惜别的心情嗎？“浮雲”“落日”，是古詩中有着特定情感内容的比興意象，在這裏，也有可能就是眼前景。

這一聯寫得十分工整，“浮雲”對“落日”，“游子意”對“故人情”。詩人把漢魏以來詩歌中的典型意象和生活實感結合起來，嫻熟地掌握了傳統文化積澱的意蘊，在妙手偶得之間留下了令人咀嚼的雋永韻味。清人仇兆鰲評論説，太白詩“浮雲游子意，落日故人情”對景懷人，意味深遠。

揮手自茲去，蕭蕭班馬鳴

朋友揮一揮手，從這裹遠去，那馬兒似也不忍離別而蕭蕭長鳴。揮手告別，是人之常情，但詩人要表達的，同時也更有意味的是後一句。友人的馬見人揮手道別，似乎也懂得人的心意，忍不住蕭蕭長鳴。它是像主人那樣，嚮朋友致意道別麼？或者説，它是不忍分別，別情難抑？詩人在寫分手的最後場面時，沒有直接説出自己的感受，而是以物來襯。馬猶如此，人何以堪！最後一句出自《詩經・車攻》"蕭蕭馬鳴"。但詩人衹加一"班"字，便頓出新意，既符合特定的身份，又烘托出繾綣情誼。"班"，是離別的意思，"班馬"，就是離群之馬。"蕭蕭"，馬嘶鳴聲。

評解

在詩歌意象上，李白總是不拘泥於細末，經常攬大景物，用亮色調。他眼望青山，遥想萬里，目接長空。他似乎總是在極目遠望，將一顆詩人的心與天地融合。青山流水、落日白雲、班馬長鳴，自然美與人情美交織在一起，使這首送別詩情景交融，充滿詩情畫意，同時帶有幾分蒼涼的色調。全詩語言自然樸素，不事誇飾，而意致纏綿，語近情遥，有弦外之音，讀之令人神往。

自始至終，我們都不知詩人所送的友人是誰，也許正因如此，讓人更覺韻味無窮。因爲不局限於某人某事，就留下了很大的欣賞與想象空間。

把酒問月

青天有月來幾時？我今停杯一問之。
人攀明月不可得，月行却與人相隨。
皎如飛鏡臨丹闕。綠烟滅盡清輝發。
但見宵從海上來，寧知曉向雲間沒。
白兔搗藥秋複春，嫦娥孤栖與誰鄰？
今人不見古時月，今月曾經照古人。
古人今人若流水，共看明月皆如此。
唯願當歌對酒時，月光長照金樽裏。

題解

李白詩歌中多次出現寫月的篇章，這首詩創作的確切時間及背景，不太清楚。本篇題下原有自註："故人賈淳令余問之。"詩人和朋友賈淳月夜飲酒，值此良夕，皓月當空，清光朗照，二人或許已經有些醉意。李白一生，長期漂泊流浪，在其仗劍遠游，浪迹江湖的生涯中，其翰墨詩章，亦必有明月美酒相伴。酒可釋恨佐歡，興會無窮；月則使人超然遺世，物我兩忘。酒月相和，本是謫仙本色。本篇寫酒中問月，上承屈原《天問》之遺風，下啓蘇軾《水調歌頭·明月幾時有》之詞意，頗能引人無窮的詩意聯想和哲理思考。

把酒問月 詩意圖 顧炳鑫 繪

【句解】

青天有月來幾時？我今停杯一問之。人攀明月不可得，月行却與人相隨

那浩渺的青天上什麽時候就出現了明月？我現在停下手中的酒杯來發此一問。明月高懸，畢竟不可追攀，然而月亮却似乎和人緊密相隨。

此四句自然明快，流轉俊逸。當頭一問，對於天地宇宙，無限時空，既有神往，又有驚訝。詩題已經説了，這是人在問月。李白的很多詩都有這種天真氣質。這樣的發問，與其説是要追問青天宇宙之謎，毋寧説是以問起興，借題發揮。雖是認真、突如其來的一問，却帶了幾分狂情醉意。明月高挂天空，芸芸衆生衹能遥望素月清輝，一之在天，一之在地，確乎遥不可及。而月亮看似清冷無情，當人無意追攀時，它却依依不捨，如影相隨。月亮於人，亦遠亦近，若即若離，似是無情，又還有情；似可親近，却又保持了一種奇妙的神秘之感。人攀月不可得，而月可照人亦隨人，兩相比較，顯現人的有限性。

皎如飛鏡臨丹闕，緑烟滅盡清輝發。但見宵從海上來，寧知曉向雲間没。白兔搗藥秋複春，嫦娥孤棲與誰鄰

皎潔的明月如同冉冉飛升的明鏡，朗照朱紅宫闕，景象可謂壯麗。“緑烟”，指遮蔽月光的雲彩。明月初爲雲遮，繼而緑烟散盡，清輝焕發。猶如美人揭開面紗，何等光彩照人！月色之美，令人心曠神怡。

下文又接一問：衹見到月亮夜晚從海上升起，怎知它清晨又消失在雲海間呢？月亮似乎又恢複了渺遠和神秘的形象。月出海上而消逝於雲間，踪迹實難推求測知，偏能如此循環往複，永不消歇，真讓人覺得神秘。

詩人繼而又浮想聯翩，究及那難以稽考的神話傳説：白兔在月宫中搗藥，從秋到春，日複一日，那孤單的嫦娥與誰爲鄰呢？白兔搗藥，到底所爲者何？碧海青天日夜獨處的嫦娥，該是多麽寂寞！古代神話傳説中有“嫦娥奔月”“玉兔搗藥”的故事。嫦娥是后羿的妻子，據説她偷食了后羿的不死靈藥，飛升奔月。李商隱有詩云：“嫦娥應悔偷靈藥，碧海青天夜夜心。”嫦娥雖已獲得不死之身，但也墮入了萬劫不複的寂寞之中。而此時月光明澈，無論天上人間，神仙凡子，皆是萬古寂寞。此數句縱横開闔，想落天外，大有天風海雨般開闊曠遠的氣勢。

今人不見古時月，今月曾經照古人。古人今人若流水，共看明月皆如此

今人不曾見過古時的月亮。而今人現在所看到的月亮，却曾經照過古時候的人。古人今人來來去去，如同流水一樣，他們所看到的都是這一個明月。

這幾句上承關於宇宙的遐想，又繼之以人生哲理的探求。人生有限，宇宙無窮。人類在亘古自然面前，實在渺小之至，在永無止境的時間洪流裏，更是不足一道。今月古月實爲一個，而人則不斷消逝。張若虛《春江花月夜》有云："江畔何人初見月，江月何年初照人？人生代代無窮已，江月年年祇相似。"與李白詩意庶幾相似。"今人不見古時月"，古人又何嘗得見今時之月；"今月曾經照古人"，古月也依然朗照今人。此二句用語極具迴環往複之美，兼有互文之妙。古人今人如流水一般逝去，然而他們見到的明月則亘古常新。這幾句把人生有限、明月長新之意渲染得淋灕盡致。宇宙不朽，日月運行不息，然則人世短暫，朝來夕往，這牽動着一代代人的沉思，徒惹愁緒。

唯願當歌對酒時，月光長照金樽裏

但願在高歌飲酒之時，月光能够一直照進我們的酒杯裏。詩人藉問月、飲酒抒發人生若夢、及時行樂的想法。在此背後，是對人生悲苦無奈的超越，是通過對永恒的短暫把握而實現對個體生命的充分肯定。行文至此，詩情海闊天空地馳騁一番之後，又重新回到詩人手持的酒杯上來，完成了完美的巡禮。正所謂"萬事不如杯在手"，讀者從迴旋的詩意中獲得深沉感受。

評解

人云李白之詩擅長"豪中見悲"，此詩的確這樣。全詩從酒寫到月，從月歸到酒；從空間感受寫到時間感受。其中將人與月反反複複加以對照，又穿插景物描繪與神話傳説，詩人孤高出塵、逸興横飛的形象，躍然浮現。舉杯望月，明月神秘莫測、永恒美好，而人生如此飄忽短暫、轉瞬即逝，使人更生如夢如幻的哀愁，此時惟願杯琖不停，月光常照。雖然意緒多端，隨興揮灑，但脉絡貫通，極具迴環錯綜之妙，可謂音情理趣俱佳，故王夫之《唐詩評選》評曰："於古今爲創調。"

登金陵鳳凰臺

鳳凰臺上鳳凰游，
鳳去臺空江自流。
吴宫花草埋幽徑，
晋代衣冠成古丘。
三山半落青天外，
一水中分白鷺洲。
總爲浮雲能蔽日，
長安不見使人愁。

題解

李白是中國詩人中最富激情、最有個性的一個，他的想象如天馬行空。李白很少寫格律謹嚴的律詩，似乎不願受太多的約束。然而，天才畢竟是天才，他的《登金陵鳳凰臺》一出來，就成了唐代律詩中膾炙人口的傑作。

這首詩寫於唐玄宗天寶年間，是李白被迫離開長安、南游金陵（今江蘇南京）時所作。也有人認爲是作者流放夜郎遇赦返回後所作。從題目可知，這是一首登臨眺覽之作，在吟詠古迹中，隱寓着傷時的感慨。

登金陵鳳凰臺 詩意圖 于守義 繪

【句解】

鳳凰臺上鳳凰游，鳳去臺空江自流

鳳凰臺上曾有鳳凰翔游，而今鳳凰去了，臺空了，衹有長江水兀自不停地東流。

鳳凰臺，故址在今南京鳳臺山。相傳南朝劉宋元嘉年間，有异鳥翔集山間，時人謂之鳳凰，於是起臺於山，山和臺由此得名。在中國傳統文化中，鳳凰是百鳥之王，非梧桐不栖，非靈泉不飲，非竹食不吃，集美善於一身，因此鳳凰來儀是天下安寧、君有仁德的瑞應。如今，詩人登臨其上，那些曾經翔游於此的鳳凰早就没有了，衹剩下一座空曠落寞的臺子。

這兩句語雖淺近流暢，但調子絶不輕快，詩人悵然若失，别有所思：那祥瑞之鳥爲什麽現在没有了呢？他擡眼望去，但見長江無語，不管世道如何變化，兀自不停地東流。

吴宫花草埋幽徑，晋代衣冠成古丘

金陵曾是六朝古都，江南繁盛之地。“吴”，指東吴孫氏政權，“晋”，指東晋司馬氏政權，都曾建都於此。“衣冠”，冠爲禮帽，士大夫衣冠有禮制規定，這裏代指士族縉紳。詩人登上鳳凰臺，衹見昔日繁華的吴宫已經荒蕪，花草掩没着荒野小徑；東晋的名門望族也都烟消雲散，空留下一座座古墳荒丘。詩人目睹歷史遺迹，心中頗多感慨，世事更迭，朝代興廢，一切都如過眼雲烟。

三山半落青天外，一水中分白鷺洲

在觸景生情、憑吊歷史之後，詩人的思緒回到了眼前，將目光投嚮自然。衹見遠處的三山，有半截高聳在青天之外；一道江水，被白鷺洲從中阻隔，一分爲二。

“三山”，在金陵西南的長江邊上，三峰並列，南北相連，遠遠望去，山嵐水氣，若有若無，半隱半現。陸游《入蜀記》載：“三山，自石頭（城）及鳳凰臺望之，杳杳有無中耳，及過其下，則距金陵才五十餘里。”白鷺洲，是金陵西長江中的一個小島，因常有白鷺集聚而得名。秦淮河經金陵，西入長江，因白鷺洲在江心而中分爲二。有的版本作“二水中分白鷺洲”。

這兩句描繪逼真，狀物工細，但境界闊大。從局部看，兩句似純是寫景，而從全詩看，已暗爲末聯作了過渡。因爲詩人的目光已經開始轉嚮西北方，那正是唐都城長安所在。

總爲浮雲能蔽日，長安不見使人愁

總因浮雲遮住了太陽，見不到長安，使人憂愁。這兩句寄寓着詩人眷念朝廷、關心朝政的深意。李白在玄宗身邊呆了不到兩年，就遭到權貴幸臣排擠，受到冷遇，最終被迫離開。他一路漫游，飽覽山水，但始終關注政治，所謂“身在江湖，心存魏闕”。長安是朝廷的所在，日是帝王的象徵。“浮雲蔽日”是詩人西北望長安所見，暗喻皇帝被奸邪權小包圍，自己報國無門，空有憂愁之心。陸賈《新語・慎微篇》曰：“邪臣之蔽賢，猶浮雲之障日月也。”早在待詔翰林後期，李白就曾説過類似的話，如“紫闕落日浮雲生”“浮雲蔽紫烟，白日難迴光”“直上青天掃浮雲”等等。

評解

本詩將登臨、覽勝、懷古、寫景、抒懷統統收攝，糅和在憂國傷時、壯志難酬的情緒内，無論在思想上，還是藝術上，都高出一般的登臨覽勝之作。

關於這首詩，還有一樁有趣的“詩案”。據説李白早年游黄鶴樓時，曾欲題詩，但當他看到崔顥所題《黄鶴樓》後，竟罷手而去，説：“眼前有景道不得，崔顥題詩在上頭”。崔顥詩曰：“昔人已乘黄鶴去，此地空餘黄鶴樓。黄鶴一去不複返，白雲千載空悠悠。晴川歷歷漢陽樹，芳草萋萋鸚鵡洲。日暮鄉關何處是？烟波江上使人愁。”人多認爲，李白的《登金陵鳳凰臺》就是擬此詩格調而作，並欲同崔一较短长。两诗高下，读者各有见解，多认为工力悉敌。清《唐宋诗醇》说：“崔诗直举胸情，气体高浑；白诗寓目山河，别有怀抱，其言皆从心而发，即景而成，意象偶同，胜境各擅。”